葛の葉

剣客相談人14

森 詠

時代小説

二見時代小説文庫

目次

秘太刀 葛《くず》の葉——剣客相談人14

第一話　藩主失踪

一

突然に雑木林は終わり、葦《あし》の原の前に出た。
さくらが舞っていた。
さくら吹雪《ふぶき》の向こうに筑波山《つくばさん》の山影が朧《おぼろ》に見える。
あまりの美しさに、久世達匡《くぜたつまさ》は、馬の手綱《たづな》を引いて停めた。
愛馬疾風《はやて》はいななき、後ろ肢《あし》立ちになった。
どうどうどう。
久世は疾風の栗毛の首筋を撫でながら宥《なだ》めた。
さくらの古木は林の中にあって、昔と同じように久世を見下ろしていた。

久世は馬上からあたりを見回した。
根元に古びた祠《ほこら》があった。祠の前に餅《もち》の供え物が置いてある。
あれから、だいぶ歳月が流れたというのに、ここはまったく昔と変わらない。
変わったのは自分の方だ。
悔恨の気持ちが込み上げた。
久世は疾風からゆっくりと降りた。
疾風は鼻息を荒くし、歩き回った。
久世は手綱をさくらが伸ばした下枝に繋《つな》ぎ、祠の前に立った。
「殿、殿ぉぅ」
供の者たちの叫ぶ声が聞こえた。馬蹄《ばてい》の音も近付いて来る。
久世は祠に手を合わせ、目を瞑《つむ》った。
心の中で許しを請《こ》うた。
疾風がいななかいた。しきりに蹄《ひづめ》で地面を掻いている。
あたりに人の気配がした。
久世ははっとして目を開けた。
周囲に修験者《しゅげんじゃ》たちの姿があった。金剛杖《こんごうづえ》を手に、無言のまま久世を取り囲んでいる。

「おぬしたちは、何者?」

修験者たちは七人。いずれも被髪《ひはつ》(ざんばら髪)で兜巾《ときん》を戴《いただ》き、篠懸《すずかけ》と結袈裟《ゆいげさ》を着《つ》けている。腰に太刀を佩《は》き、背に笈《おい》を負っている。

さらに、さくらの古木の後ろから、一人の若武者が姿を現した。顔に白狐《びゃっこ》の面をつけていた。

「常陸信太藩《ひたちしのだ》の藩主久世達匡殿でござるな」

白狐は籠《こ》もった低い声で訊いた。

「いかにも。おぬしは何者?」

「それがしは、筑波の白狐党頭領葦原左近之介《あしはらさこんのすけ》。故あって、貴殿のお命頂戴仕《つかまつ》る」

葦原左近之介は腰の大刀をすらりと抜いた。

「なに、余の命がほしいというのか?」

久世達匡は一瞬たじろいだ。

予期もしないことだった。護衛の供侍《ともざむらい》たちを振り払って駆け付けている。

腰には、小刀しか着けていない。

神道無念流《しんとうむねんりゅう》の心得はあるが、とうの昔の若いころのことだ。五十の声をきいたいまの自分の剣の技量は落ちている。それに、葦原左近之介の全身から迸《ほとばし》る殺気を見るに、この者は只者ではない。

斬られる。

久世は腰の小刀の柄《つか》を握り、身構えて葦原を睨み付けた。供侍たちが駆け付けるまで時間を稼ぐしかない。

間合い二間。

「お待ち、左近之介」

頭上から凛《りん》とした女の声が響いた。

いきなり、さくらの古木の上から、ひらりと白い衣を纏《まと》った影が舞い降りた。祠の後ろに長い黒髪を背に垂らした白い帷子《かたびら》姿の女が立っていた。女も白い狐の面を被っていた。

「媛《ひめ》様、なぜに?」

葦原は白刃を背に隠した。

「なぜでもです。左近之介、わたしのいうことをきけないのですか?」

「いえ、そのようなことは……」

葦原はすごすごと引き下がった。

女は久世に向き直り、被っていた白狐の面を外《はず》した。

輝くばかりに美しい娘が微笑みを浮かべていた。

「久世様、お待ちしておりました」

久世は驚きのあまり声がつまった。

「……く、葛《くず》の花《はな》ではないか」

葛の花は死んだときいていた。だが、目の前の娘は確かに葛の花だった。

「おぬし、生きておったのか」

久世は思わず涙ぐみ、よろよろと娘に歩み寄った。抱き寄せようと娘に手を伸ばした。

「葛の花、逢いたかった」

娘は久世の手から逃れながら、静かに頭を左右に振った。

「わたしは、葛の花ではありませぬ」

「葛の花ではないと申すのか？」

久世はまじまじと葛の花を見つめた。

いわれてみれば、もし、葛の花が生きていたとしても、二十年近い歳月が流れている。娘のままの葛の花であるはずがない。

「しかし、似ている。まるで生き写しだ」

脳裏に刻まれている葛の花の面影《おもかげ》を思った。

娘は葛の花と瓜《うり》二つだ。姿形もそっくりだった。

夢を見ているというのか？

久世は娘に見惚れていたが、ふと思い出した。懐から付け文を取り出した。昨夜、城の寝所の枕元に置いてあった文《ふみ》だった。

恋しくば尋ね来てみよ　筑波なる信太《しのだ》の森のうらみ桜樹

誰が届けたのかは分からない。はじめは、側室《そくしつ》か側女《そばめ》のたわいない悪戯《いたずら》か、と思った。

しかし、初めて葛の花と出逢ったのは、このさくらの古木の下だった。

それを知っているのは、当の葛の花と、己しかいない。

「この付け文は、おぬしが書いたものか？」

「はい。そうでございまする……」

娘はうなずいた。

付け文の句が気になった久世は、明日は在所を発ち、またしばらくは在所に戻らぬこともあったので、馬を飛ばして思い出の地を尋ねてみたのだった。

「では、なぜに、おぬし、ここが余と葛の花との出逢いの場所だと……」

「わけがございます」

「そのわけとは？」

背後に護衛の供侍たちの馬蹄が迫った。久世を呼ぶ声がだんだん近付いてくる。

「ここではお話しできません。もし、御同行いただければ」

「……どこへ行くというのか？」

「それはお楽しみになさってくださいませ」

娘は微笑みながら、久世の手を取った。それとなく修験者たちに合図した。

甘くいい香りが久世を包んだ。懐かしい葛の花と同じ匂いだった。

「……葛の花」

久世はうっとりと夢心地になった。

「久世様、さあ、参りましょう」

久世は娘に手を取られ、操り人形のように、よろよろとさくらの木の陰に歩み出した。

「殿、殿ぉう」

三騎の供侍たちが現れた。供侍たちは馬を駆り、さくらの木の許《もと》に走り込んだ。

「殿、ご無事でしたか」

「殿、お待ちを」

供侍たちはばらばらっと下馬した。いずれも、馬廻り組の護衛の侍だった。

修験者たちは一斉に四方に散り、金剛杖を構えた。

「おぬしら、殿を掠《さら》おうというのか?」

「おんな、殿を返せ」

供侍たちは血相を変えて、刀の柄に手をかけた。

「久世様は、わたしがお預かりいたします。お帰りなさい」

白無垢《しろむく》姿の娘は、久世を左近之介に押しやった。

いつの間にか、娘の両の手には抜き放たれた小太刀が握られていた。

娘は静かな声で命じた。

「左近之介、久世様を安全なところへお連れ申して」

「はっ」

葦原左近之介は久世を連れ、さくらの古木の後ろに連れて行った。

「小娘、おぬしら、我らが殿を掠おうというのか。刀にかけても返してもらう」

供侍たちは、一斉に刀を抜いた。

娘は供侍たちに向き直った。

「おのれ、殿を返せ」

供侍たちは、二方から娘に迫った。

白無垢姿の娘は両手の小太刀を、天へ突き上げるように構えた。

供侍たちが間合いをじりじりと詰めるにつれ、娘は右手の小太刀を上段に振りかざし、左手の小太刀を下段後方に構え直した。

裂帛《れっぱく》の気合いもろとも、三人がほぼ同時に斬りかかった。

娘の白い衣が翻《ひるがえ》り、くるりと宙を飛んだ。

白刃が一閃《いっせん》し、供侍たちは一人は袈裟《けさ》懸《が》けに、もう一人は胴を抜かれていた。

三人目の若侍は左腕を斬られ、刀を取り落とした。

残った若侍は一瞬のうちに二人の供侍がやられたので、茫然と立ち竦《すく》んでいた。

「媛、こやつも生きて帰しては……」

葦原左近之介が刀を手に前に出た。

「左近之介、この若侍は生かしたまま帰します」

娘は若侍に向き直った。

「あなたは、すぐに城にお帰りなさい。いまここで見たことを報告しなさい」

「は、はい」

若侍は血がしたたる腕を押さえながら、馬に近寄った。馬に乗ろうとしたが、乗ることができなかった。

「馬に乗せなさい」

娘は小太刀の血糊《ちのり》を懐紙で拭いながら、修験者にいった。

修験者の一人が進み出て、若侍を馬の背に押し上げた。

若侍が馬にしがみついたの見て、馬の尻を手で叩いた。

馬は走り出し、駆けてきた道を引き返して行く。

白無垢姿の娘は小太刀を鞘に納めた。

「帰りましょう」

娘は葦原左近之介や修験者たちにいい、さくらの古木の裏手に広がる葦の原に向かって歩き出した。

葦の原に延びる獣道《けものみち》の入り口に、呆然と佇む久世がいた。

娘は久世に近寄り、軀を労《いた》わるようにして、葦の原の中に静かに分け入った。

葦原左近之介と修験者たちがあとに続き、葦の原に姿を消して行く。

さくらの下枝に繋がれた愛馬疾風や残された馬たちがいななき、動いていた。

何ごともなかったように、さくらの花びらが風に舞い、葦の原に降り注いだ。

遠くに筑波山が霞んでいた。

二

春うらら。

江戸は花の季節とあって、街を行き交う人々も、どことなく心浮き浮きしていた。

安兵衛店《やすべえだな》の住人たちも、上野界隈《うえのかいわい》に咲き乱れるさくらの見物に出掛けたりして、遅い春を楽しんでいた。

長屋の敷地にも、さくらが満開に咲きほこっていた。春風がそよぐたびに、ちらほらと花びらが散りはじめている。

長屋の殿様こと若月丹波守清胤《わかつきなんばのかみきよつぐ》改め大館文史郎《おおだてぶんしろう》は、井戸端の空き地で、いつものように木刀の素振りの稽古《けいこ》をしていた。

長屋のおかみさんたちが井戸端で洗った腰巻きや褌《ふんどし》、寝巻などが物干し竿や紐に吊され、風に吹かれていた。

文史郎は素振りをやめた。空き地に喚声を上げて、長屋の子供たちが駆け込んだ。男の子たちは棒切れを振り回し、合戦ごっこをしている。

幼い子を背負った女の子たちは、長屋の細小路に屯《たむろ》し、折紙や綾取《あやと》りに興じている。

文史郎は井戸の冷水に浸した手拭いで、額や胸の汗を拭った。

空を見上げ、陽の位置を測った。

おおよそ、昼八ツ（午後二時）か。

細小路にどやどやっと人の気配があった。

真っ先に左衛門《さえもん》の姿があった。

「殿、殿、そこにおいででしたか」

左衛門は慌ただしく、文史郎の近くに走り寄った。

あとから口入れ屋の権兵衛《ごんべえ》、そして、見知らぬ顔の侍が二人、連れ立って現れた。

「お殿様、よかった。こちらにおいででしたか。また釣りにでも行かれたと思っておりました」

権兵衛は息急《せ》き切って文史郎の前にへなへなと座り込んだ。

「爺《じい》も権兵衛も、いったい、何ごとだというのだ？　そんなに慌てて」

文史郎は二人の侍に目をやりながら尋ねた。

二人は身形《みなり》から、どこかの藩の武家と見受けた。

しかも、一人は六十代の老侍で、かなりの身分の者、藩の要路《ようろ》だ。

いま一人は身のこなしからして、腕達者と見られる三十代の供侍だった。目付き鋭く文史郎の腕を計るかのように剣気を放っている。

「殿、お仕事でござる。それも訳ありの……」

左衛門が文史郎に近寄り、そっと耳打ちした。

「なに訳ありだと？」

「はい。それも内密なもので、急いでおるそうです」

左衛門はにやりと笑い、大きくうなずいた。

訳ありということは、難問も多いが、それだけ実入りも大きいということになる。

「お殿様、折り入って、こちらの方々がお願いがあるとのことでございまして」

権兵衛が腰を低くして文史郎にいった。

藩要路と思われる老侍が地べたに跪《ひざまず》いた。

老侍は後ろに控えた供侍にも座るように手で命じた。供侍はしぶしぶといった風情《ふぜい》で地べたに座った。

「殿、突然のお願い、なにとぞ、よろしくお聞き入れくだされたく」

老侍はその場に平伏した。

供侍も両手を地べたについて頭を下げた。

それを見た権兵衛も慌てて地べたに土下座《どげざ》した。

文史郎は老侍の前にしゃがみ込んでいった。

「ご老体、何をなさる。お二人とも、お手をお上げください。ここは長屋の井戸端でござる」

「お引き受けいただけなければ……」

老侍は必死な形相《ぎようそう》だった。

文史郎の答次第では、その場で割腹《かつぷく》しかねないほど切羽詰《せつぱつ》まった様相をしていた。

文史郎は老侍の手を取った。

「ご老体、まずは事情をお話しください」

「それが、殿……」

老侍が顔を上げた。

背後の細小路に、騒ぎに気付いたおかみたちが集まり出していた。

左衛門が慌てて文史郎と老侍に促した。

「殿、ここでお話をきくのもなんでございます。長屋に戻ってからおききしてはいかがでしょう？」

　権兵衛もおかみたちを見ながらいった。

「そうでございますな。それがいいかと」

　文史郎はうなずいた。

「そうそう。爺、では、ご老体たちに長屋に上がってもらおう。ご案内してくれ。余は汗を拭いてから行く」

「お殿様、ありがとうございます。では、お言葉に甘えて」

　老侍と精悍な顔付きの侍は立ち上がった。

　左衛門が手で細小路の方を示しながらいった。

「では、お二人ともご案内いたします。ちとむさいところでござるが、御勘弁いただきたい」

　細小路に屯したおかみたちは、両脇に寄り、左衛門と老侍、供侍、権兵衛に道を開いた。

三

「いま片付けますので、少々お待ちを」

左衛門は長屋の油障子戸を開け、権兵衛とともに長屋に入って、畳に敷かれた万年床《まんねんどこ》を上げたり、散らかった物を片付けはじめた。

老侍と供侍は、長屋の戸口から中を覗き、顔を見合わせた。

供侍は老侍の耳に、そっと囁《ささや》いた。

「御家老、拙者は反対でござる。すぐにも帰りましょう」

「そうはいかん」

「拙者、前から申しておりますが、こんな狭くて小汚い長屋に住んでいる相談人が殿を救い出すことなど、とうてい無理でござろう」

「海老坂《えびさか》、住まいで人を判じてはいけないぞ。もともとは那須川藩《なすがわ》の藩主であられた御方だ。それに心形刀流の達人という剣客《けんかく》だ」

海老坂と呼ばれた供侍は、後ろの細小路に集まって声高《こわだか》にお喋りしているおかみたちに顔をしかめた。

「御家老、所詮は長屋の殿様でござる。拙者は、剣客相談人の腕とて容易には信じられません。こけ威しに剣客を名乗っているとしか思えません」

「海老坂、声が高い。これは奥方様のご意向だ。相談人殿には、わしがお願いする。おぬしは黙っていなさい」

「………」

海老坂は不満げな顔で黙った。

左衛門が長屋から顔を出した。

「さあさ、中へ。ちとむさいところでござるが、外よりはましでござろう。さあ、遠慮なさらずに、どうぞ」

「これはかたじけない。では、失礼いたす」

御家老と呼ばれた老侍は、海老坂に顎をしゃくった。

老侍は土間に足を踏み入れ、戸惑った顔になった。

左衛門は笑いながらいった。

「さ、奥へ。と申しても一間《ひとま》しかありませんので、それ以上行くと壁を抜けて裏に出ることになりますがな。ともあれ、まずは畳の上に上がってくつろいでください」

左衛門は先に部屋に上がり、老侍と供侍に手で座る場所を指した。

「すぐに茶を沸かしますので、しばしお待ちください」

台所の権兵衛は、鉄瓶が掛かった七輪《しちりん》の炭火を団扇《うちわ》で煽《あお》っている。

老侍と供侍は畳に並んで座った。

「間もなく、殿が参ります」

左衛門がいってほどなく、文史郎がさっぱりした顔で長屋に入って来た。

「お待たせした」

文史郎は着流し姿のまま、部屋に上がり、二つ折りにした蒲団《ふとん》を背に座った。

「お殿様には、お初にお目にかかります。拙者、常陸信太藩の江戸家老向原参佐衛門《こうはらさんざえもん》と申します」

老侍は文史郎に平伏した。

供侍は手もつかず、軽く頭を下げた。

「そして、こちらは、我が藩の物頭《ものがしら》を務めます海老坂小次郎《こじろう》にございます」

老侍は顔を上げると、顔をしかめ、供侍の腿を軽く手で押した。

「これ海老坂、お殿様に、ご挨拶なさい」

「御家老、拙者の殿はこの方ではござらぬ」

海老坂は腕組をし、苦虫を嚙んだような顔でそっぽを向いた。

「ははは。向原殿、お気になさるな。長屋の殿様は洒落《しゃれ》。まして貴藩の殿ではないのでな」

文史郎は左衛門と顔を見合わせながらいった。

老侍は恐縮して頭を下げた。

「この者のご無礼をば、なにとぞ、拙者の顔に免じてお許しください」

「向原殿、ともあれ、先ほどの続きだ。いったい、なんの相談でござろうか？」

文史郎は向原に促した。

隣から板壁を通して赤子の泣き声がきこえた。反対側の壁から夫婦喧嘩の声も響いてくる。

「実は、お願いの儀と申すのは、我が殿をお救い願いたいのでござる」

向原は声を潜《ひそ》めた。文史郎は思わぬ相談に驚いた。

「殿をお救いしてほしい、ですと？」

「ぜひとも、ここだけのお話にしていただきたいのでございます。我が殿、久世達匡様が在所において、無頼の者たちに拐《かどわ》かされたのでございます」

「いつのことか？」

「五日前のことにございます」

「在所と申されたが、在所のどこで？」

「お殿様は、我が藩の在所を御存知でございますか？」

「存じておる。筑波山の麓《ふもと》で、確か領地が土浦《つちうら》藩と水戸《みと》藩に南北から挟まれるような形になっているのではなかったか？」

「さようにございます」

「石高は二万石だったか？」

「はい。二万二千石にございます」

「久世達匡殿とは一応面識もある」

「やはり。さようでございましたか」

文史郎は那須川藩藩主時代に、府内の控えの間で、常陸信太藩の藩主久世達匡と席を同じくした覚えがあった。

しかし、面識はあるものの、通り一遍の挨拶をした程度で、親しく話をする間柄ではなかった。

「久世殿は、いったい、何者に拐かされたと申されるのか？」

「それが、筑波の白狐党と名乗る輩《やから》なのです」

「筑波の白狐党？」

文史郎は左衛門と顔を見合わせた。

「何者なのだ？」

「それが、我々にも、まだ正体が摑めない徒輩《とはい》でして」

「いったい、何があったのか、話してくれぬか？」

「はい。……」

江戸家老の向原参佐衛門は、事と次第を話し出した。

参勤交代で、去年秋に三年ぶりに常陸信太藩の城に戻った久世達匡は、在所で冬を越し、五日前に江戸へ戻ることになった。

久世達匡は、将軍の覚えよく、この春、幕閣会議で若年寄に取り立てられることになっていた。

在所を出立する前日、久世達匡は突然、一人で馬の早駆けをすると言い出した。慌てて馬廻り組の若侍三人が護衛のために馬を走らせて追ったが、殿の馬には追い付けず、とうとうまかれてしまった。

ようやく殿を見付けて駆け付けたら、ちょうど殿が白狐の面を被った剣士や白装束姿の女剣士、その配下の山伏《やまぶし》たちに襲われて拉致《らち》されるところだった。

供侍たち三人は取り戻そうとしたが、白装束の女剣士に瞬時に斬り伏せられ、二人は斬死した。一人は負傷したものの、命からがら逃げ帰った。

報せを受けた藩士たちは、急遽、殿が拐かされた現場のさくらの古木に駆け付けたものの、そこには、二人の遺体と、主を失った二頭の馬がいるだけだった。

大勢が葦の原に踏み入れた足跡があった。その跡を追って葦の原に入ったものの、その足跡がだんだんと分かれ、いつの間にか筑波山の麓で消えていた。

その日は夜を徹して捜索を続け、さらに翌日にも、近隣の村村の百姓たちも掻き集めて捜索を行なったが、殿の姿を発見することはできなかった。

もし殿を誘拐されたなどという不祥事が幕府に知られたら、いくら譜代《ふだい》とはいえ、二万二千石の小藩の改易《かいえき》、転封《てんぽう》も免れない。事と次第では、それを口実に藩のお取り潰し、水戸藩か土浦藩への吸収ともなりかねない。

そのため大名行列は空《から》の権門駕籠《けんもんかご》を仕立てて滞《とどこお》りなく行ない、江戸屋敷に戻った。

家老会議は幕閣に、殿が急病に倒れて、伏せっていると報告し、出仕の日時までの時間稼ぎを行ない、その間に、なんとしても拉致した賊から殿を救出しようとなった。

その矢先に、江戸屋敷に矢文《やぶみ》が打ち込まれた。

矢文には、殿の身柄と引き換えに、五千両を用意するように、という要求が書かれてあり、差出人は「筑波の白狐党」とあった。

家老の向原参佐衛門は、話を終えて、ほっと溜め息をついた。

「それで殿を拐かしたのは、筑波の白狐党と名乗る一味だと分かったのです」

向原は悲しげに頭を振った。

文史郎は腕組をした。

「久世達匡殿の安否も分からぬのだな？」

「はい。いまだ」

「五千両の身の代金か。安否も分からぬのに、払うことはできぬな」

「さようでござる」

「身の代金の用意は？」

「札差《ふださし》や蔵元《くらもと》からの借金をすれば、なんとか用意はできる見込みがつきました」

「身の代金をどこへ持って来いというのだ？」

「それは……」

隣に座った物頭の海老坂小次郎が手で遮り苦々しくいった。

「御家老、そのような金は払うべきではございませぬ」

「物頭、そうは申しても。万が一にも殿の身に何かあったら、いかがいたすのだ？」

「御家老、なぜ、それがしたちを信じないのでござるか。いま、お庭番を筑波山麓の四方八方に飛ばし、白狐党の正体や根城を探っているところです。きっと近日中には、殿の監禁場所も見付けることになりましょう。そうなったら、それがしが真っ先に駆け付け、必ずや殿を取り戻してみせましょう」

海老坂はじろりと文史郎や左衛門を眺め回した。

「御家老、それがしは、藩の恥を曝《さら》してまで、剣客相談人とやらに殿の救出を頼むのはいかがなものか、と思いますが。それがしたちが取り戻すのに失敗したのならいざ知らず、まだ何もしておらぬのですぞ」

文史郎はうなずいた。

「御家老、こちらの物頭の海老坂殿がおっしゃるのももっともなことと思いますぞ。貴藩にも、物頭をはじめとして、腕自慢の者たちがたくさんおられましょう。その方々が自分たちで殿を取り戻したいという主君思いの気持ちは立派です。それを尊重されなくてはいかんでしょう」

「そうでござろう？　さすが、相談人殿は分かっておられる。御家老、高い金を払って相談人の力を借りる必要はありませぬ。我らがいることを忘れてもらっては困りますな」

物頭の海老坂は語気を強めた。

「しかし、物頭」

「引き揚げましょう。こんなところで、油を売っていては、殿の捜索にさしつかえましょう。相談人、そういうことで、今度の話はなかったことにしていただけますれば。では、これにて御免」

海老坂は刀を携え、立ち上がった。

「さあ、御家老。帰りましょう」

海老坂は家老の向原参佐衛門を促した。

向原はやれやれと頭を振った。

「ううむ。仕方がないのう。では、剣客相談人殿、今日のところは、これにて失礼いたしますが、物頭の無礼な振る舞い、ご寛恕《かんじょ》をお願いいたします」

海老坂は草履を履き、先に立って長屋から出て行った。

向原は草履を履きながら、何度も振り返り文史郎と左衛門に頭を下げた。

「必ず、日を改めて、お伺いいたします。その節には、なにとぞ、お引き受けいただきたく、お願いいたします。それと、あくまで他言無用にございます」

「分かりました。他言無用ですな。ともあれ、家老会議で、いま一度、よくご検討してください。物頭のような、いい御家来をお持ちなら、大丈夫、きっと久世達匡殿を取り戻すことができましょう」

「ありがとうございました。では、今日のところは、これにて失礼いたします」

「爺、お送りして」

「はい。ただいま」

権兵衛と左衛門が慌てて、草履を履き、家老の向原を長屋の外まで見送りに出た。入れ替わるように、大門甚兵衛《だいもんじんべえ》が長屋の戸口に現れた。

「ただいま戻りました」

「おう、大門、戻ったか」

「殿、なんです、爺さんと権兵衛が二人を見送るように出て行ったようですが」

「ははは。大きな儲け仕事が逃げて行ったところだ」

文史郎は顎を擦った。

「儲け仕事ですか。惜しいなあ。そろそろ、仕事がないと、飯の食い上げですからなあ」

大門は残念そうに頭を振った。

四

　ほどなく、左衛門と権兵衛が連れ立って長屋に戻って来た。

「いやあ、参りましたな、あの元気な物頭には」

　左衛門が白髪混じりの頭をぽんぽんと叩いた。

　権兵衛は頭を左右に振った。

「お殿様、ほんとうに申し訳ございません。あの御家老の向原様は、ぜひとも、お殿様に久世様を救け出していただきたい、と申されていたのですが。あの海老坂様が突然翻意を申されるとは、思いませんでした」

「なに、権兵衛、おぬしが悪いわけではない。あの物頭の海老坂とやらの言い分も分からないでもない。己たちの藩主を拐かされたというのに、家老が家臣を信じず、よそ者である相談人に救出を依頼するなど、家臣の面子《メンツ》丸潰れだろうからな」

　文史郎は胡坐《あぐら》をかいた。大門が脇から口を挟んだ。

「ところで権兵衛殿、ほかに仕事はないのか？　このところ、暇で仕方がないのでな。もちろん、道場で若い連中を指南するのもいいが、小遣い銭になる程度だからな。旨い酒を飲むこともできん」

大門は暇なときには、弥生が亡父から継いだ大瀧《おおたき》道場で、臨時の師範となり、門弟たちに稽古をつけていた。

権兵衛は大福帳を膝の上に拡げた。

「そうでございますな。大門様、ほかの仕事といいますと、川の土手を修復する土方《どかた》仕事とか、屋敷の屋根の普請《ふしん》などしかありませんな」

「土方しかないか。それがしだけならともかく、殿にやっていただく仕事ではござらぬな」

大門は溜め息混じりにいった。

左衛門が大福帳を覗き込んだ。

「権兵衛、確かどこかの用心棒の仕事があったではないか?」

「残念ですが、あれはご浪人の方に決まりました」

「そうか。一足遅かったか」

「それに用心棒といっても、やくざが開いている賭場《とば》のそれでしてね。お殿様や左衛門様、大門様向きの仕事ではございません」

文史郎は顎を撫でた。

「さようか。しかし、賭場の用心棒もおもしろそうだのう」

突然、表に足音がし、油障子戸ががたぴしと軋《きし》みながら開いた。

「お殿様、左衛門殿、御免くだされ」

向原の顔が覗いた。左衛門が驚いて訊いた。

「あれ、御家老ではないですか。いかがなされた？　何か忘れ物でもなさったか？」

向原は土間に土下座した。

「さきほどは、海老坂がお殿様に無礼な態度を取り、まことに申し訳ありませんでした。海老坂に代わりまして、それがし、深くお詫び申し上げます」

「ご老体、何も詫びることはない。物頭は無礼ではなかったぞ」

文史郎は左衛門たちに目配せをした。

左衛門と権兵衛が急いで土間に下り、向原の軀《からだ》を起こした。

「御家老、まあ、そんなところに座らず、まずは上がってくだされ」

向原は畳に上がると、すぐさま文史郎に平伏した。

「海老坂は、あのように申しておりましたが、拙者は、やはり相談人様に我らが殿をお救け願いたく、こうして恥を忍んで戻って参りました。なにとぞ、お引き受けしていただきたく、伏してお願いいたします」

「しかし、御家老、物頭をはじめとするご家臣たちがなんとか自分たちで殿をお救いしようとしているのに、なんの縁も所縁《ゆかり》もない我らに依頼なさったら、物頭たちはさぞ反感を抱くのではないか?」

「止むを得ません。それは覚悟の上にございます。これは奥方様の依頼でもあるのです。奥方様やそれがしは、物頭たちがほんとうに無事殿をお救いできるのか心配なのです」

文史郎は大門と顔を見合わせた。

「奥方様の依頼だといわれるのか?」

「さようでござる」

「もし、わしらが依頼をお引き受けしても、わしらとて久世殿を救うことができるかどうか、分からんぞ」

向原は顔を上げた。

「しかし、物頭たちの力によるやり方では、ほんとうに殿をお救いできるかどうか、さらに危ういものになりましょう」

「と申されると?」

「物頭は身の代金を払わず、武力で筑波の白狐党一味を襲い、殿を奪い返すつもりなのです」

「それは藩執政の御家老たちの決めた方針かな？」

「藩論はほぼ二分されております。要求通りに身の代金を払って殿を取り戻そうという派と、賊たちの要求に屈せず、あくまで武力で殿を解放すべしとする派です」

「なるほどのう」

文史郎は腕組をした。

藩論が一つにならない、というのは、その背後に藩政を巡って、なんらかの根深い対立があるということだろう。よくあることだ。

自分がいた那須川藩でも、文史郎を婿養子に迎えることに熱心だった改革派の家老たちと、別の婿養子候補を推《お》していた守旧派家老たちの対立があった。その根深い対立のため、結局、のちには文史郎が藩主の座から追われてしまった。

常陸信太藩にも、おそらく派閥の対立があるのに違いない。そうでなかったら、藩主が拉致された危急のときに、なにはともあれ、殿救出のために藩論が一つになるはずだ。

左衛門が文史郎に代わって尋ねた。

「それで、賊たちの要求を飲もうとする派と申されるのは？」

「奥方の美香《みか》様と、次席家老の室井傳岳《むろいでんがく》、江戸家老のそれがし、そのほか中老などの要路、いわば奥方様派と申しましょうか」

「で、対する強硬派は、どういう方々でござる？」

「筆頭家老相馬蔵之丞《そうまくらのすけ》、城代織田勇之典《おだゆうのすけ》、その二人に同調する物頭の海老坂をはじめとする血気盛んな若手たちの武断派でござる」

大門甚兵衛が口を挟んだ。

「御家老のご様子からすると、いま藩論は、どうやら武力奪還を主張する武断派に傾いているようにお見受けするが」

「はい。その通りにござる。そのため、奥方様は心労のあまり寝込んでしまい、次席家老と江戸家老のそれがしが、何か殿を取り戻す方策はないものか、と模索しているうちに、剣客相談人様のお噂を耳にした次第。奥方様にお話ししたところ、奥方様は、ぜひとも、剣客相談人様に殿の救出をお願いしてほしい、となったのでござる」

向原はちらりと隅に控えた権兵衛に目をやった。

「そこで、口入れ屋の権兵衛殿に相談し、ぜひ、お殿様にお目にかかりたいということで、紹介していただいたというわけでござった」

権兵衛は神妙な顔でうなずいた。

左衛門が訊いた。

「久世殿を救出するために、我らに何をしてほしい、というのでござるか？」

「密かに相手に身の代金を払って、無事、殿を引き取っていただきたいのでござる。それも物頭たちが賊の討伐に乗り出す前に、殿を救出していただきたい」

「物頭たちに内緒で、身の代金を支払うというのでござるか？」

「はい。無用な戦《いくさ》であたら若者たちに血を流させたくない、まして、下手《へた》な戦を仕掛けることにより、人質になっている殿を危険に曝《さら》したくないのでござる。そのためには身の代金を払ってしまい、殿を助け出すのが先決かと」

「わしらなどは使わず、おぬしたちの配下の者を使って、身の代金を運ばせればいいのではないのか？」

向原は頭を振った。

「拙者たちは筆頭家老の相馬蔵之丞たちの目論見《もくろみ》を存じておるのでござる」

「目論見だと？」

「相馬殿は、庶子《しょし》である千代丸《ちよまる》様をお世継ぎにさせたいのでござる」

「庶子の千代丸様と申すのは？」

「側室由比《ゆい》様の御子、まだ二歳の男子でござる。正室の美香様には、姫が二人おられるものの、残念ながら、嫡子になる男の子がまだおらぬので、このままいけば、千代丸様が後をお継ぎになられるかと。側室の由比様は、実は相馬蔵之丞殿の娘」

「なるほど。そういうことか」

文史郎は左衛門と顔を見合わせた。

向原は慌てていった。

「しかし、由比様は奥方様と親しく、父親の相馬殿に身の代金を払ってでもいいから、一刻も早く殿の無事御帰還をと願っておられるようです。それで、相馬殿としては、娘の手前もあって、しぶしぶではありますが、殿の身の代金は払ってもやむを得ないか、ともおっしゃっている」

「だが、ほんとうは払わずに済めばと考えておるのだな」

「その通りにございます」

「その筑波の白狐党は、身の代金の五千両を、どこへ持って来いというのだ?」

向原は懐から矢文の紙を取り出した。

「これが屋敷に打ち込まれた矢文にございます」

文史郎は折り畳まれていた矢文を開いた。

大胆不敵な筆の運びで、要求が記されてあった。

「……久世達匡殿の身の代金として、五千両を御用意していただきますようお願い仕《つかまつ》り候。

　五千両を左記の通りに、配分寄進していただきたくお願い仕り候
一、一千両を入谷《いりや》の真源寺《しんげんじ》鬼子母神《きしもじん》へ御寄進《きしん》なさるべし
一、一千両を法明寺《ほうみようじ》鬼子母神へ御寄進なさるべし
一、一千両を法華経寺《ほけきようじ》塔頭《たつちゆう》遠寿院《えんじゆいん》へ御寄進なさるべし
一、しかる後に、二千両を筑波山麓法華堂《ほつけどう》に御寄進なさるべし。
以上、五千両すべてが寄進された暁に、久世達匡殿の身柄は無事お返しいたし候。

五千両を本月末までに御寄進いただけなければ、久世達匡殿の御命の保証は致しかね候事。

　　　　　　　　筑波の白狐党」

　文史郎は矢文の文面を声に出して読み、矢文を左衛門と大門に回覧させた。

「江戸の三大鬼子母神に寄進しろという要求だな」

「殿、違いますぞ」

　左衛門が訳知り顔でいった。

「江戸三大鬼子母神は、恐れ入谷の鬼子母神、鬼にツノがない雑司ヶ谷《ぞうしがや》の法明寺鬼子母神堂、そして、本所《ほんじょ》の本佛寺《ほんぶつじ》鬼子母神ですぞ。なのに白狐党は、わざわざ市川《いちかわ》にある遠寿院法華経寺塔頭の鬼子母神を指定しています」

「ほう、何か特別な訳でもあるのかな」

文史郎は、もう一度文面を見直した。

「ともあれ、まず三千両を三箇所の鬼子母神に寄進しろ、ということだな」

向原はうなずいた。

「さようでござる」

「残る二千両の寄進先、筑波山麓の法華堂というのは？」

「廃寺になっている仏堂でしてな。いまでは参拝に訪れる人もおらず、地元でもあまり知られていない古寺でござった」

「廃寺か」

文史郎は大門、左衛門と顔を見合わせた。

左衛門が神妙な顔でいった。

「鬼子母神といえば、法華経の守護神。鬼子母神は法華宗《ほっけしゅう》や日蓮宗《にちれんしゅう》の寺院に祀《まつ》られていて、その仏像は天女のような姿で、片手に石榴《ざくろ》を持ち、赤子を抱いている優しいお顔の像と、鬼のような恐い形相の鬼子母神像もある、と思いました」

「爺、よく存じておるな」

左衛門はじろりと文史郎の顔を見た。

「なにせ、安産や子を守る神様ですからな。如月《きさらぎ》様がご懐妊した折、爺は殿の代わりに、在所の法華寺《ほっけじ》の鬼子母神にお参りしました」

文史郎は咳払いをした。

「そ、そうであったのう。あのときは、それがしが行けず、爺に気苦労をかけたな。感謝しておるぞ」

奥方萩《はぎ》の方《かた》との間には、なぜか、子供ができなかった。

そのため、萩の方は側女の由美《ゆみ》が懐妊したときいて激怒し、さまざまな嫌がらせの末に、とうとう由美を追い出してしまったことがある。

そのため、側室でもない愛妾の如月が懐妊したことを大っぴらにすることができず、萩の方には内緒にしていた。

如月は無事女の子弥生《やよい》を出産し、いまは在所の那須山麓の隠れ里でひっそりと暮らしている。

久しく在所には戻っていない。

娘の弥生はだいぶ成長しているはずだ。

弥生は父親である余の顔を覚えておるのだろうか、と不安になった。

いまごろ、如月と弥生はいかが過ごしておるのだろうか？

ふくよかで美しい如月のはにかんだ笑顔が脳裏を過《よぎ》った。

愛くるしい弥生は、母親似の美しい顔をしているに違いない。

文史郎は如月と弥生に無性に逢いたくなった。

大門の声が文史郎を現実に引き戻した。

「殿、たしか、鬼子母神は毘沙門天《びしゃもんてん》の部下である夜叉《やしゃ》大将の女房で、釈迦《しゃか》に諭《さと》されて仏法に帰依《きえ》するまでは、人間の子を捕まえては食べていた恐ろしい女だったと思いましたぞ」

「さようでござる。夜叉将軍の女房ですからな。戦にも強い男勝りの女だったはず」

左衛門が相槌を打った。

「子どもを食う女か。恐いな」

文史郎は頭の中で子を食う女の形相を想像し、背筋がぞくぞくした。

大門は訝《いぶか》った。

「白狐党は、それら鬼子母神に何か所縁があるのですかな？　それとも、鬼子母神に深い信仰心を抱いている者たちだからなのか？」

　左衛門が向原に訊いた。

「そういえば、白狐党には白装束姿の女剣士がいたと申されましたな」

「はい。その女剣士と斬り合いかろうじて生き残った馬廻り組の近藤《こんどう》が申しますに、女は妙な剣を遣う剣客だったとのことでした」

「妙な剣だと？」

　文史郎は訝った。

「斬られた馬廻り組の三人は、殿の護衛にあたることもあるので、いずれも神道無念流の名うての遣い手でした。その三人が一瞬のうちに斬られたとあって、物頭の海老坂は激怒したのです」

「ほほう」

「ところで、三人は藩道場で師範代をしていた海老坂が直々《じきじき》に鍛えた門弟たちだったので、海老坂はなんとしても、己の手で女剣士を倒し、弟子たちの仇を討ちたいと息巻いているのでござる」

「そういうことか。それでは、海老坂は、五千両を払うことなど以ての外《ほか》だろうのう」

「しかし、五千両には、殿の命がかかっております。物頭海老坂などの私憤と驕《おご》りで、殿を救け出すことができなくなっては一大事。そこで、筆頭家老や物頭たちが白狐党たちを武力成敗する前に、剣客相談人様たちに、なんとか殿を無事救い出していただきたく、こうしてお願いに上がったわけでございます」

向原はまた両手を畳について、平伏しようとした。

文史郎は向原の顔の前に手を突き出した。

「待て。事情は分かった」

「では、お引き受けいただけますか？」

「詮議《せんぎ》いたす」

「はい」

文史郎は左衛門を見た。

「爺、いかがいたそう？」

「殿の御意《ぎょい》のままに」

左衛門はうなずいた。

文史郎は大門に顔を向けた。

「大門、そちは？」

「是非もござらぬ」

大門はにんまりと笑った。

文史郎はうなずき、向原に向き直った。

「御家老の相談、お引き受けしよう」

「ありがたき幸せ。これで、拙者の肩の荷も降りたようなものでござる」

老家老は顔をくしゃくしゃにして文史郎に頭を下げた。

「さっそくにも、奥方様にご報告いたします。きっと奥方様もお喜びになられることでございましょう」

文史郎は訊いた。

「引き受けたとして、それがしたちにまずは何をしてほしい、というのだ？」

「殿の命がかかった五千両でござる。その身の代金を寄進し、白狐党へも残りの二千両を無事届けることができますよう、護衛をお願い致したいのでござる」

「五千両の護衛か。おもしろい」

大門は舌なめずりした。左衛門が大門をたしなめた。

「大門殿、我らが頂く金子《きんす》ではござらぬぞ」

「爺さん、分かっておる。しかし、一度、五千両を目の前で見てみたいものではないか」

　大門は笑った。

　文史郎は向原に尋ねた。

「御家老、五千両の用意に抜かりはないのでござろうな？」

「もちろんでございます」

「どのような寄進の手筈になっておる？」

「千両ずつ、まずは真源寺から順に、法明寺、市川の遠寿寺と回り、寄進するつもりにございます」

「なるほど。それで」

「最後に各寺から寄進受領の印を頂き、それらを揃えてから、指定された筑波の法華堂に二千両とともに、届けたいと考えております」

「いつ真源寺に？」

「月末までにという期限が迫っています。あと十日もありません。ですから、千両が用意でき次第に、ご連絡いたします」

「よかろう。連絡を待とう」

　左衛門が脇から口を挟んだ。

「向原殿、引き受けるにあたっての料金のことだが」

「存じております。もちろん、五千両を無事、筑波の白狐党に届けていただければ、相談人の皆様には、しかるべき御礼をさせていただきます。その相談は権兵衛殿といたせばいいのでございましょう？」

　権兵衛が揉み手でいった。

「はい。さようで。仲介料や手数料を込みで、しかるべき料金をいただきます。なお手付金として、とりあえず、百両を頂きます。その後の細かい料金の相談は、店に戻りましてから」

「うむ。お願いいたしますぞ」

　向原は権兵衛にうなずいた。

　文史郎は訊いた。

「御家老、いまの口振りからすると、身の代金五千両は、筆頭家老や物頭たちの了解を取らずに、白狐党の指示通りに届けようとしているようにきこえるが、そうなのか？」

「筆頭家老たちの了解は、すでに取ってあります。だが、いつ鬼子母神に寄進するとかいうことは内緒にしてあります」

「邪魔が入るからか？」

「はい。物頭たちは、お庭番を筑波の地の四方八方に飛ばし、白狐党の根城を突き止めようとしています。彼らは五千両など払う必要なし、としておりますので、もしかして邪魔をするかもしれません。それを恐れているのです」

「分かった。邪魔を排除し、白狐党の要求通りに身の代金を寄進するというのだな」

「はい。そうやって、なんとしても殿を無事に救い出してほしいのでござる。なにとぞ、よろしくお願いいたしまする」

江戸家老の向原参佐衛門は、深々と文史郎や左衛門、大門に頭を下げた。

五

向原は訪ねて来たときとは打って変わった安堵の顔で、権兵衛とともに足取りも軽く、引き揚げて行った。

文史郎は腕組をし、考え込んだ。

「爺、いまの話、いかがに思う？」

「殿、結構な実入りになるかと」

大門もうなずいた。

「そうそう。爺さん、いい仕事になりそうだな。まずは、百両の手付金が頂けるとなると、当分はめしが食えましょう。酒も飲めますな」

文史郎は溜め息をついた。

「爺、大門、そんなことを心配しておるのではない。妙だとは思わぬか？」

「何がですかのう？」

大門と左衛門は顔を見合わせた。

「まず、筑波の白狐党だ。白狐党はなぜ、久世殿を拉致したのだ？」

「金のためでございましょう？」

左衛門が怪訝な顔をした。

「ならば、なぜ、身の代金五千両すべてを筑波の法華堂に持って来いといわぬ？　金欲しさならば、千両ずつ、鬼子母神に寄進させる意味が分からぬ」

「なるほど、そうでござるな」

左衛門も首を捻った。

文史郎は訝った。

「妙に遠慮深い盗賊だな。身の代金五千両を要求しながら、その実、三千両は寄進して、自分たちの取り分は二千両になるのだからな。それでも大金ではあるが……」

大門が顎の髯《ひげ》を撫でた。

「殿、確かに、ただの盗賊ではなさそうですな。何か鬼子母神に寄進せねばならぬ訳があるのかもしれません」

左衛門もうなずいた。

「もしかすると、白狐党は、鬼子母神にからんで、信太藩や藩主の久世殿に恨みを抱いているのではないですかね。それで鬼子母神に三千両もの大金を寄進させ、その恨みをはらそうとしているのかもしれない」

文史郎は腕組をし、考え込んだ。

六

いつもながら、大瀧道場は、稽古をする門弟たちの気合いや竹刀《しない》を打ち合う音に満ち満ちていた。

「稽古、やめ」

師範代の武田広之進《たけだひろのしん》の大声が道場に響いた。

その声を合図に、文史郎も稽古相手の門弟と礼を交わし、壁際の席に戻った。

武者窓からさわやかな春風が吹き込んでくる。

文史郎は正座し、手拭いで首筋や胸元の汗を拭った。

弥生が傍らに座り、面を外した。

ほのかに弥生の汗の匂いが鼻孔をくすぐった。若い娘特有の香りだ。

長い黒髪を後ろで結び、稽古着の背に垂らしている。

弥生が門弟相手に竹刀を揮《ふる》い、飛び跳ねるたびに、背に流した黒髪がまるで別の生き物のように翻ったりなびいたりしていた。

弥生は、歳こそだいぶ違うが、文史郎の実の娘と同じ名だ。それだけに、文史郎は実の娘のように弥生をいとおしくも思っていた。

父親が亡くなったあと、大瀧道場を継いだ弥生は気丈にも女道場主として、嫁ぐこともなく、門弟たちに剣を教えている。

「文史郎様、今度の相談ごとは、またまた危険なお仕事になりそうでございますな」

「なに？」

「大門様におききしました。今度は、お殿様を救け出す仕事だとか」

弥生は額の汗を拭いながら、目で見所《けんぞ》にいる大門を指した。

大門は師範代の武田広之進と何ごとかを話している。

「また、大門め、余計なおしゃべりをして。あれほど内緒にと申しておいたのに」

文史郎は溜め息をつきながらぼやいた。

「何をぶつぶつおっしゃっているのです?」

「いやなに、なんでもない」

弥生が顔を近付けて囁いた。むっとするような芳しい髪の匂いがする。

「文史郎様、まさか、それがしを抜きにして仕事をなさろうというのではないでしょうね」

「いや、そんなことはない」

弥生がそれがしという男言葉を使うときは、真剣で扱いにくくなる。

「そうでしょうね。今度は、筑波の女剣客率いる白狐党一味が相手とか。それがしも、腕が鳴ります」

「大門のやつ、いったい、どこまでしゃべってしまったのか」

文史郎は、見所で屈託なく師範代と話をしている大門に目をやった。

弥生はなおも小声でいった。

「まずは千両を入谷の鬼子母神に寄進するのを見守るとか。それがしも、ぜひ、御供します」

「そんなことまで……」

「はい。ききましたよ」

「…………」

文史郎はやれやれと頭を振った。

「いけなかったのですか？」

「いや、そういうことではないが……」

ふと大門と目が合った。大門は文史郎と弥生が話し合うのを見て、事を察したのか、見所から立ち上がった。

大門は頭を掻きながら、文史郎と弥生のところに歩み寄った。

「殿、御呼びでござるか？」

「しようがない男だ。みんなしゃべったようだな」

「そう。大門様から、皆おききしたんですよね」

弥生は微笑んだ。嘘は許さないという顔だ。

「いやあ、参った参った」

大門は軀を小さくして、弥生の隣にどっかりと胡坐をかいて座った。

「弥生殿に追及されると、どうしても話さざるを得なくなりましてな。昨日の話をちょっと掻《か》い摘《つま》んで話してしまいました」

弥生がにっと白い歯を見せた。

「文史郎様、話してもいいんですよね。それがしも、相談人に加えていただいたのですから」

「ま、それはそうだが」

文史郎はじろりと大門を睨んだ。

弥生を下手《へた》に危険な事件に巻き込みたくない。

いくら弥生が大瀧派一刀流免許皆伝の腕前とはいえ、それほど実戦経験を積んでいるわけではない。

「大門様のお話では、なんでも、その女剣士は、小太刀の二刀流を遣うとのこと。それがしも、小太刀を遣いますから、いかな剣法かと興味がございます」

弥生は目を輝かせている。

「そんなことまで話したか」

文史郎は頭を振った。

大門め、なにが掻い摘んでだ？　微《び》に入り細《さい》に入り、洗いざらい話したのに違いない。いや、それ以上に、だいぶ誇張し、あることないことを付け加えたのに違いない。

大門は首の後ろをぼりぼりと掻きながら、首を竦《すく》めた。

「弥生、わしらが引き受けたのは、あくまで身の代金を払ってでもいいから、久世達匡殿を無事お救いすることだ。白狐党の女剣士と闘うためではない」

「分かっております。それがしも、あえてその女剣士と闘うつもりもありません。穏便に済ませたい、と思っています」

弥生はきっと引き締まった顔でうなずいた。

「ともあれ、なんでもおっしゃってください。それがし、いつでも飛んで参りますので」

弥生はやる気満々の表情をしている。

「うむ。そのときは、よろしく頼むぞ」

文史郎は仕方なくいった。弥生はにこっと笑った。

玄関先がにぎやかになった。

誰かが来た様子だった。やがて、息急き切った左衛門が道場に上がって来た。

左衛門は出迎えた門弟たちを掻き分け、道場にずかずかと入って来た。

「殿、大門殿」

左衛門は弥生がいるのを目にすると、文史郎に、いいのか、と目で訊いた。

「いい。弥生も相談人だ」

「御家老から権兵衛のところに連絡が入りました」

「そうか。いつになる？」

「明朝ということです」

「どこへ行けばいい？」

「長屋に迎えに上がるとのことです」

「分かった。では、待とう」

弥生が勢い込んでいった。

「それがしも行きます」

「今回はだめだ。密かに護衛することになっている。三人でも目立つだろうから、これ以上増やすわけにいかん」

「でも、一人ぐらい増えてもいいではないですか？」

「いかん。相手がどこからか、見ているのに違いない。こちらの全員が分かってはまずい。弥生、おぬしは、いざというときの伏兵《ふくへい》だ。あらかじめ相手に分かってしまっていては、伏兵にならん」

「でも……」

弥生は不満げな顔をした。

文史郎は噛んで含むようにいった。

「弥生はいくら男姿をしても、綺麗なので、すぐに女子と見破られる。それに、おぬしの身が心配だ」

「……」弥生は頬を赤らめた。

大門も相槌を打った。

「そうでござる。むさい男たちの中にいると、弥生殿は美し過ぎて目立つからなあ。今回は出るのを控えてくだされ」

「でも」

「弥生殿、おぬしには、道場主という正業があるのですぞ。そちらを疎《おろそ》かにして、剣客相談人の仕事をなさってはいけない。ここは我慢してくだされ」

左衛門が諭した。

文史郎は手を合わせた。

「頼む。弥生、余のいうことをきいてくれ。その代わり、いざというときに、必ず、おぬしの力を借りる」

「文史郎様、ほんとですね」

「武士に二言《にごん》はない」

文史郎はうなずいた。大門が調子よくいった。

「ほんと、ほんと。それがし、きっと弥生殿を呼ぶようにするから」

「分かりました。きっとですよ」

弥生は、ようやく納得するようにうなずいた。


翌朝、夜が明け、一刻ほど経ったころ、遣いの中間《ちゅうげん》が長屋に現れた。

中間に案内されて行った先は、本所の大川端に並んだ蔵屋敷の一つだった。

看板こそかかっていないが、信太藩蔵屋敷だと分かる。

文史郎たち三人は、ぴったりと閉じられた扉の通用口から屋敷内に足を踏み入れた。

中では、江戸家老の向原が首を長くして、文史郎たちを待ち受けていた。

「これはこれは相談人様。ようこそ、御出でいただきました。実は、次席家老が、ぜひ、お殿様にご挨拶申し上げたいと、奥でお待ちしていました」

「そうでござるか」

「さっそくにご案内いたします」

向原は自ら先に立ち、文史郎たちを奥へと案内した。

三人が通された座敷には、小姓の若侍とともに、恰幅のいい、大柄な侍が平伏して、文史郎たちを迎えた。

「お待ち申しておりました。次席家老の室井傳岳にございます」

室井は顔を上げた。

顎のえらが張った、いかにも頑固そうな顔の男だった。眉毛が濃く、上下の唇も厚く、耳たぶが垂れている。

まるで恵比寿《えびす》様だ、と文史郎は思った。

恵比寿様の室井は口を開いた。

「お殿様のようなご身分の御方に、このような相談をいたしましては申し訳ございませぬが、なにとぞ、我らが殿のお命に関わること、並みの相談人にお願いできぬ事情をお察しくださいませ」

「うむ」

「まだ筑波の白狐党なる者たちの正体が分かりませぬが、ともあれ、身の代金を払うことで殿が助かるものならば、と奥方様のご意向を酌《く》んで、なんとか五千両を工面《くめん》したものにございます。その五千両を払わせないとする者も藩内におりますし、どこでどのような邪魔が入るか分かりません。まずは、白狐党の要求通り、鬼子母神三社に千両ずつ寄進することを滞《とどこお》りなく行ないたいと存じます。なにとぞ、お殿様たちのお力をお借りして、殿をなんとか救い出したく、よろしくお願いいたします」

江戸家老の向原が、小姓の若侍に小声で命じた。

「あれを」

「はっ。ただいま」

小姓はさっと立ち、隣との間の襖を静かに引き開けた。

隣の控えの部屋の真ん中に、千両箱が置かれていた。

見張りの供侍が二人、千両箱の両脇に座り、文史郎たちに平伏していた。

室井は立ち上がり、千両箱の傍らに寄った。おもむろに千両箱の蓋に手をかけて開けた。

山吹色も鮮やかな小判がずっしりと並んでいた。

文史郎は息を飲んだ。左衛門も大門も黄金のきらめきに声を失っている。

室井が厳《おごそ》かな声でいった。

「これを、まずは入谷の鬼子母神に寄進しますので、護衛をなにとぞお願いいたします」

七

屋根船は真直ぐに伸びた掘割《ほりわり》をゆっくりと進んでいた。

掘割の両側には、寺社や武家屋敷の築地塀《ついじべい》や土塀が並んでいる。

屋根船の左右の障子窓はぴったりと閉じられ、岸辺から船の内部は覗けない。

舳先《へさき》側の障子窓だけは半分ほど開けられ、船の座敷から行く手が見えた。

文史郎は屋根船の座敷に胡坐をかき、船の前方を見ていた。

左衛門と大門は舳先に座っている。

屋根船の前後に、一艚ずつ猪牙舟が付き、向原の家臣が二人ずつ分乗していた。

入谷の鬼子母神へは、東叡寺《とうえいじ》の山沿いを巡る日光街道《にっこうかいどう》を行く経路と、掘割を船で近くまで行く経路があった。

重い千両箱を運ぶには荷馬の背に載せて運ぶ方法と、船に載せて行く方法とがあるが、文史郎は警護が楽な船を選んだ。

船の座敷の中央に千両箱が置かれていた。

その傍らに沈痛な面持ちをした江戸家老の向原が正座していた。

「殿は、ご無事なのだろうか。心配で心配で夜もまんじりともできぬのです」

「御家老は、白狐党一味に、久世殿の安否を確かめておられぬのかな？」

「はい。なにしろ、相手がどこにいるのかも分からないので、殿の安否など確かめようもないのでござる」

文史郎は腕組をした。

「それはまずいな。久世殿の安否を確かめず、白狐党のいうことを信じてしまってはては、相手のいいなりになってしまう。下手《へた》をすると、五千両を騙《だま》し盗られかねない」

「確かに。それは不安でござる」

向原は訝しげに文史郎を見た。

「では、いかがいたしたらよかろうかと」

「逆に、こちらから要求を出してはいかがかな」

「……と、申されると？」

「もし、万が一にも久世殿の身に危害が加えられたら、身の代金五千両は一文たりとも払わない、と通告するのだ」

「ですが、いったい、どうやって白狐党に通告するのでござる？」

「真源寺鬼子母神の住職に頼んではどうか？」

「真源寺の住職は、白狐党一味と通じていると申されるのか？」

向原は驚いた顔をした。

文史郎は頭を左右に振った。

「いや、そうではない。白狐党一味は、貴藩がほんとうに真源寺に千両を寄進したか否かを、きっと住職に問い合せるはず。そのときに、住職から、白狐党に対して、久世殿が無事である証拠を示せと要求してもらうのでござる」

「しかし、無事である証拠というのは、いったい、どんなものなのでござる？」

「たとえば、久世殿の直筆《じきひつ》の手紙。御家老も久世殿の筆の運びを覚えておるだろう？」

「はい。殿の筆跡なら見分けることができます。だが、誰かが殿の筆跡をそっくりに真似て書いたら、どうなります？」

「手紙の内容を、おぬしや奥方しか知らないような内緒のことにしてもらうのだ。そうすれば、ほんものの久世殿だと分かるだろう」

「なるほど。それはいい考えですな」

向原は感心したようにうなずいた。

「そこで、久世殿だと分かればよし。そうでない場合は、久世殿は亡き者にされたと考えて、身の代金を出すのをやめる。そういう要求を出しておけば、白狐党一味もめったなことでは、久世殿に手を出すことはないでござろう」

「そうでございますな。いやはや、殿が白狐党一味に攫《さら》われたということで、すっかり気が動転し、ついつい犯人たちのいいなりになっておりました。今後は、そうしないようにいたしましょうぞ」

向原は決意を固めた表情になった。

掘割の両側の塀は終わり、行く手に田地が広がっていた。

左岸に小さな船着き場が見えた。土手の上に荷馬や数人の供侍の姿があった。先を行く猪牙舟が船着き場に寄り、護衛の供侍たちが上陸している。供侍たちは待ち受けていた侍たちと親しげに挨拶を交わしている。

「殿、着きましたぞ」

左衛門が舳先に出た。大門ものっそりと立った。

舳先に立った船頭が棹を巧みに操り、屋根船を桟橋に寄せる。船頭は桟橋に乗り移り、船の舫《もや》い綱を桟橋の杭に括り付けた。

向原が障子戸を開け、外を眺めてうなずいた。

「家中の者たちでござる」

左衛門と大門がいち早く桟橋に乗り移った。

「御家老様、お待ちしておりました」

土手の上の供侍たちが、向原に腰を折ってお辞儀をした。

向原は船から声をかけた。

「おう。ご苦労。何か変わったことはないか？」

「はい。何もございません」

向原は文史郎に顔を向けた。

「相談人様、ここから、鬼子母神まで徒歩で参ります」

「うむ」

文史郎も立ち上がり、舳先に出た。

船着き場からは、千両箱を荷馬の背に載せて運ぶ。

先に上がった左衛門と大門が供侍たちと挨拶を交わし、説明を受けていた。

文史郎も土手に上がった。

水を張った田地が広がり、その中を曲がりくねった道が森の方角に向かっていた。

森の梢《こずえ》越しに寺の瓦屋根が見えた。

広い田地には人気《ひとけ》がなかった。

土手に上がって来た向原が、向かいの森を指差した。

「あれが鬼子母神の森でござる。その左手前にある築地塀が、松平出雲守《まつだいらいずものかみ》様の御屋敷でござる」

道は田地を横切ると、築地塀沿いに森に続いているようだった。

船着き場から森まで、直線でおよそ三町（約三二七メートル）ほどと見た。築地塀の方に回り込んでも、四町（約四三六メートル）ほどだろう。

供侍たちが千両箱を荷馬の鞍に載せた。荷馬はいななき、足を踏み鳴らして重い荷を背負うのを嫌がったが、馬丁が宥めると、すぐにおとなしくなった。

「人夫に運ばせてもいいのでござるが、万が一、襲われた場合、馬ならばすぐに避難させることができますからな」

向原は真面目な顔でいった。

供侍が向原に駆け寄り、出発の用意ができたと告げた。

千両箱を背負った荷馬の前後を護るように七、八人の供侍たちが囲んだ。

「では、参りますか」

向原は手を上げ、出発の合図をした。

千両箱を運ぶ一行は、田地の中の道をほぼ一列になってゆっくりと歩き出した。

向原は供侍たちの先に出て歩く。

文史郎たちは一行の最後尾について歩き出した。

森までの間、人影はない。

太陽の光が田地や森を照らしていた。風も爽やかで、汗ばむような陽気だった。

「殿、この様子では大丈夫なようですな」

左衛門が文史郎にいった。

「うむ」

「殿、いったい誰が襲って来ると考えておるのですか？」

大門が懐手《ふところで》で歩きながら文史郎に訊いた。

「一応、白狐党一味ということもあろう」

「ですが、白狐党は鬼子母神に寄進しろと要求をしておるのでしょう？　その白狐党が金を横取りしようとして襲うとは思えないのですが」

「もし、ほんとうに白狐党が、そういう要求を出したのなら、襲うとは思えぬが、もしかして、そうでない場合もある」

「殿は、矢文は白狐党からのものではない、偽物だ、とお考えなのでござるか？」

左衛門が顔をしかめた。

「うむ。あくまで推論だが、もしかして、白狐党を装った者の仕業《しわざ》かもしれぬではないか」

「なるほど。では、誰だというのです？」

「それは分からぬ。ともかくも、家老の向原の話をきいていると、事は、そう単純ではないような気がしてならんのだ」

「どのように単純ではないとおっしゃるので？」

左衛門が訊いた。文史郎は笑いながら答えた。

「普通、身の代金目的の強盗団が、鬼子母神への寄進をいうかのう？」

「殿、普通ではないかもしれませんぞ」

「普通ではないか。なるほど、それもそうだな」

「偽物ではないか、という根拠はなんでござる？」

「根拠はない。余の第六感だ。いや矢文が本物の白狐党が出したものだとしても、どうも、白狐党の名を利用して、身の代金を横取りしようという徒輩がいるような気がする」

「殿もそう思われるのでござるか？」

大門が懐から手を出し、顎の髯を撫でた。

「大門も、そう思うか？」

一行は築地塀沿いの道を進みはじめていた。

目の前に真源寺鬼子母神の森が迫っている。

樹間から境内の様子が窺える。

祭りのないときの真源寺は、安産や子が授かるのを願う参拝者たちが訪れるだけで、閑散としている。

「どのような徒輩だと？」

左衛門が文史郎に尋ねた。文史郎は行く手を顎で指した。

「……あやつらのような連中だ」

一行の足が急に停まった。

森に通じる道にばらばらっと人影が飛び出して、行く手を阻んだ。

「相談人殿！　曲者」

向原が叫んだ。

文史郎たちは向原が叫び声を上げると同時に、一行の前に走り出ていた。

向原と供侍たちは、荷馬を囲み、あたりに目を配っている。

左衛門が刀の柄《つか》に手をかけ、行く手に立ち塞がった男たちに怒鳴った。
「おぬしら、何者！」
男たちはいずれも茶色の覆面をし、上から下まで茶装束に身を固めていた。
総勢十人。いずれも、無言のまま、文史郎たちを威嚇するように立ちはだかってい
る。
ちょうど真ん中にいた頭《かしら》のような茶装束が手で合図すると、男たちは一斉に刀を抜
いた。
「どけ。邪魔する者は斬る」
文史郎はずいと一歩前に出た。刀の柄に手をかけ、鯉口《こいぐち》を切った。
いきなり、正面の一人が無言のまま、刀を突き入れてきた。
鋭い突き。
文史郎は抜き打ちで、相手の刀を撥ね除けた。瞬時に刀の峰を返し、相手の胴を抜
いた。
男は、うっと声を詰まらせ、その場に蹲《うずくま》った。
間髪《かんはつ》を入れず、左右から二人の侍が斬り込んできた。
文史郎は左からの刀を叩き払い、くるりと体《たい》を回すと、右から斬り込んだ侍の腕に

刀を叩き込んだ。骨の折れる音が響いた。

男は苦痛の呻きを上げ、ぽろりと刀を落とした。

「大門、爺、切り開け」

文史郎は残った相手を睨みながら叫んだ。

「合点《がってん》承知」

大門が六尺棒を振り回し、茶装束たちに突進した。

左衛門も抜刀し、目の前にいる茶装束に斬りかかった。

茶装束たちの結束が乱れ、隙が見えた。

大門、左衛門が文史郎の左右に立って人垣を作った。

茶装束たちは、文史郎たちに妨げられ、前へ出ることができず、立ち往生している。

文史郎は刀で茶装束たちの動きを牽制しながら叫んだ。

「御家老、この者たちは、我らが引き受ける。いまのうちに」

「御免」

向原と供侍たちは荷馬を守りながら、文史郎たちの背後を駆け抜け、真源寺の境内へと急いだ。

文史郎は大声でいった。

「これまでは峰打ちだ。安心せい。だが、ここからは真剣でお相手いたす」

文史郎は青眼《せいがん》に構えた刀をくるりと返し、刃を正面の茶装束たちに向けた。

「その楠《くすのき》の陰に隠れておる者、出て来い。正々堂々と出て来て立ち合え」

茶装束たちは一瞬たじろぎ、うろたえた。

楠の大木の陰から、茶頭巾を被った頭《かしら》らしい侍がゆっくりと姿を現した。

「待て。皆の者、刀を引け」

茶装束たちが一斉に刀を引いて、茶頭巾の背後に下がった。

「おぬしら、白狐党一味だな」

左衛門が怒鳴った。

「いや、我らは白狐党にあらず」

聞き覚えのある声だった。頭らしい男は茶頭巾の覆面を落ち着いた仕草で外した。

「お見逸《みそ》れした。たいへん失礼いたした」

現れた顔は、物頭の海老坂小次郎だった。

「こやつ」

左衛門と大門が詰め寄ろうとした。

海老坂は文史郎に頭を下げた。

「貴殿たち剣客相談人を信じず、腕試しをしてしまい、まことに申し訳ござらぬ。さすが、剣客相談人でござった。身の代金をお預けしても安心だと分かり申した」

「な、なんだ、腕試しだったといわれるのか？　殿に向かい、なんと無礼な」

左衛門が憤怒《ふんぬ》の顔でいった。

文史郎は刀を腰の鞘に戻しながら、左衛門を制した。

「爺、いい。たぶん、こんなことだろう、と思った」

「殿、どうしてでござるか？」

左衛門は忿懣《ふんまん》やる方ない表情でいった。

文史郎は左衛門に微笑んだ。

「この茶装束たちに殺気がなかったからだ。やはり味方を斬ることはできない、と思っていたからであろう」

大門も棒を手でしごきながら、にやっと髯面を崩した。

「やはり。殿も、そうお感じだったか。それがしも、こやつら本気でかかって来てないな、どうも変だと思い、少々手加減したところです」

「相談人様、相談人様！」

境内から家老の向原が叫びながら、ばたばたと足音高く戻って来た。

「ややや、これは、どういうことだ。な、なんとしたこと。おぬしは物頭ではないか」

向原は海老坂を見て、驚いた顔になった。

海老坂が深々と頭を下げた。

「剣客相談人の皆様、御家老様、重ね重ね、腕試しなどをしてしまい、まことに申し訳なく、お詫びいたします」

「腕試しだと！　無礼な、物頭、おぬし何を考えておるのだ？」

家老の向原は真っ赤になって怒り出した。

「なんという恥曝しなことをしてくれた」

海老坂の後ろに控えた茶装束たちは、一斉に刀を納め、その場に平伏した。

海老坂も、急いで土下座した。

「申し訳ござらぬ」

文史郎は向原を手で制し、笑いながら宥めた。

「まあまあ、御家老、落ち着いてくれ。拙者は怒っておらぬ。物頭としても、拙者らの腕がどのくらいのものであるかを見極めたかったのだろう。なにせ、五千両の大金だ。それをどこの馬の骨とも分からぬ者に預けるわけにはいかんと思うて当然」

「どこの馬の骨などとは、それがしたちは、誰も思っておりませぬぞ」

向原は大急ぎで訂正した。

文史郎は境内を眺めながらいった。

「御家老、そんなことよりも、肝心な千両は、大丈夫ですかな？」

境内では千両を載せた馬を囲んで、供侍たちが刀に手をかけている。

「おう、そうでござった。海老坂、あとでこのことについての始末書を書くように。いいな」

「はい」海老坂は畏《かしこ》まっていった。

「お殿様、相談人の皆様、鬼子母神の真源寺の方へ、どうぞどうぞ。寺の住職が待っておりますゆえに」

家老の向原は、そういいながら、あたふたと真源寺の境内へと駆けて行った。

文史郎は土下座している海老坂に向いた。

「物頭、もうよい。許す。おぬしの務めに励んでくれ」

「それがしの無礼を、お許しいただき、まことにありがとうございます。……」

文史郎は境内に向かって歩き出した。

左衛門と大門があとに続いた。

海老坂たちは、倒れた茶装束たちを助け起こし、引き揚げはじめた。

第二話　夜叉姫《やしゃひめ》参上

一

江戸家老向原参佐衛門と文史郎たちは、修行僧に僧坊へと案内された。掃き出し窓から、鬼子母神が祀られた本堂に、参拝者たちが三々五々訪れているのが見えた。

しばらくして、真源寺住職の丸顕《がんけん》和尚が廊下から現れた。

丸顕和尚は、温和な人柄そのままの穏やかな風貌をした僧侶だった。

向原参佐衛門は、これまでの経緯をすべて丸顕和尚に話し、白狐党の指示通り、藩主久世達匡の身の代金の一部として千両を寄進する旨を伝えた。

丸顕和尚は、それまで黙ってきいていたが、大きくうなずいていった。

「なるほど。そういうことでしたか。それでよく事情が分かりました」

「と、申されると？」

江戸家老の向原が訝しげに和尚を見た。

丸顕和尚はいったん言葉を切り、何かを思い浮かべながら話した。

「……三日前のこと、御供を連れた、さるお姫様が、お忍びで当寺をお訪ねになられたのでございます。お姫様が、間もなく、ある藩の方が大金を当寺に寄進なさることになりましょう、とおっしゃられていたのです」

「ほほう。それで？」

「寄進なさる金子《きんす》は、千両はございましょうと。それで、今回の御寄進のお話がぴたりと符合したのです」

向原参佐衛門は、文史郎と顔を見合わせた。

もしかして……？

向原はなおも訊いた。

「そのお姫様というのは、どなたでござろうか？」

「それが、お名乗りなさらなかった。ですが、お召物をはじめ、姫を載せた乗り物も立派なもので、見るからに高貴な身分の方だと窺わせました」

文史郎が代わって尋ねた。

「その姫は名乗らなかったのですかな？」

「はい。本名は名乗りませんでしたな。名乗れぬのは、訳あってのこと。ご容赦願いたいと」

「本名でないと申されると？」

「姫様は、恥ずかしそうに笑いながら、わたしは夜叉姫と呼ばれております、といっておられた」

「夜叉姫とな」

文史郎は傍らの左衛門と顔を見合わせた。

「よほど、気が強く、男勝りの恐ろしい姫なのだろうのう」

「殿、夜叉は鬼神ではあるが、仏法護持の神様ですぞ。邪神ではありませぬ」

「そうはいっても、鬼神は鬼神だ。夜叉姫となれば、畏れ多くも女鬼神ではないか」

「夜叉姫か。おもしろい。会ってみたいものですな」

大門が腕組をし、にやりと笑った。

文史郎が和尚に重ねて訊いた。

「どちらの御家の姫でござったのか？」

「姫様がおっしゃるには、常陸の筑波山麓にお住まいだとか」

家老の向原が首を傾げた。

「筑波山麓でござるか？」

「そう申されてましたな」

和尚はうなずいた。

「ところで、御家老は筑波山麓に住む夜叉姫について、ご存じなかったのですか？」

「はい、そのような恐ろしげな姫はついては、きいておりませぬな」

大門が口を挟んだ。

「和尚殿、その姫様は、どのような方でござった？」

「それはそれは美しい姫様にございました」

「そうか、美形にして夜叉の姫か」

大門は腕組をし、中空を睨みながら独り言のようにいった。

文史郎が頭を振った。

「外面《げめん》似菩薩《ぼさつ》（外見は菩薩に似て）、内心《ないしん》如夜叉《やしゃ》（内心は鬼神夜叉の如し）か？」

「ほほう。殿はときにいいことをいいますな」

大門が相槌を打った。

左衛門がじろりと文史郎を見た。

「長年、殿は女に苦労なさっているから」

文史郎は話題を変え、和尚に尋ねた。

「その夜叉姫について、ほかに何かお話がありますか？」

「その夜叉姫様が、寄進を申し出た藩の御家老に渡してほしいといって、私が御預かりしていた物があります。少々、お待ちくだされ」

和尚はどっこいしょと立ち上がり、廊下に出て行った。

「なんでござろうな？」

向原は首を捻った。

その間に、修行僧が盆に載せたお茶を運んで来た。

文史郎たちがお茶を味わううちに廊下に人の気配が起こった。

やがて丸顕和尚が紫色の布に包んだ物を大事そうに抱えながら戻って来た。

「お待たせしました」

和尚は家老向原の前に座ると、恭《うやうや》しく包みを差し出した。

「これは？」

「夜叉姫様からお預かりした物でございます」

「……では、失礼仕《つかまつ》る」

向原はおもむろに紫色の布の包みを解《ほど》いた。

包みの中から、一振りの小刀と書状が出て来た。

「こ、これは殿の御刀でござる」

向原は小刀の柄を握り、すらりと抜いた。

名のある刀工が作った業物《わざもの》だ。

「どれ、余も拝見いたそう」

文史郎は向原から小刀を受け取り、刀身にじっと目を凝《こ》らした。

丹念に鍛えられた地鉄《じがね》の美しさ。躍動感のある刃文が見事だった。

「これは、四谷正宗《よつやまさむね》」

「さすが、剣客相談人様、お目が高いですな。確かに四谷正宗の業物にございます。

殿が将軍様から特別に授けられた刀にございます」

「ということは、夜叉姫は久世達匡殿を攫った白狐党の一味」

「そうでございますな」

向原はやや震える手で、いっしょに出て来た書状を開いた。

向原は黒々とした墨で書かれた文に目を通し、叫ぶようにいった。

「確かにこれは殿の直筆でござる」

左衛門も大門も色めき立った。文史郎は静かに問うた。

「なんと書いてある？」

「……殿はまずは御無事とあります。そして、殿はいわく、身の代金五千両を用意し、白狐党の指示に従い、三千両は鬼子母神様への寄進を行なうべし。さらに残り二千両を筑波山中の法華堂に期日までに届けるべし。これらの指示に従わなければ、己の命はなくなることになる、とあります」

向原は書状を文史郎に手渡した。

文面は、向原がいった通りのことが書いてあった。

宛先は、江戸家老向原参佐衛門になっている。

文の末尾には、達筆な書体で、久世達匡の名が書かれてあった。

確かに久世直筆の手紙だ。

文史郎は、書状を左衛門に回した。大門が身を乗り出して、左衛門の手元の書状を覗き見ていた。

向原は住職の丸顕和尚に向き直った。

「間違いありません。こちらの真源寺鬼子母神様に、御用意しました千両を御寄進させていただきます。いかがでございましょうか？」

丸顕和尚は困った顔をした。

「事情は分かりました。ですが、そうした事情では、当寺が白狐党一味の仲間のように取られましょうから、貴藩の御寄進を受けるわけにはいきません」

「……そうでござるか」

家老の向原は肩を落とした。文史郎はじっと丸顕和尚を凝視した。

「かといって、御寄進をお断わりしたら、今度は久世様の御命が危うくなる」

「そうなのでござる。どうか、この千両を受け取っていただけないでしょうか」

向原は千両箱を和尚の方に押しやった。

和尚は弱った顔になった。

「では、こうしましょうか」

丸顕和尚は、一息つき、一人うなずきながらいった。

「久世様が無事お戻りになられるまで、この千両をお預かりいたしましょう」

「和尚、ありがとうございます。畏れ入りますが、寄進を受けたという証書もお願いできませんでしょうか。白狐党から問われたとき、寄進した証拠となりますので」

「いいでしょう。御寄進していただいたという受領証をお出ししておきます」

向原はほっと安堵の顔になった。

「和尚、ありがとうござる。拙者としては、殿が無事に帰還していただくことがなにより。そのためならば、この千両、喜んで寄進させていただこうと思っております」

「分かりました。まずは、お心だけはお受けいたしましょう。拙僧も御仏におすがりし、久世様のご無事をお祈りしたいと思います」

「和尚、かたじけない。心から御礼申し上げる。まこと、殿に鬼子母神様のご加護がいただければ願ってもないことにござる。なにとぞ、よろしうお願いいたします」

向原は丸顕和尚に両手をついて頭を下げた。

文史郎は静かに和尚に問うた。

「ところで、和尚、つかぬことをお尋ねするが」

「なんですかな？」

丸顕和尚は穏やかな顔を文史郎に向けた。

「筑波の白狐党一味は、なぜ、千両をこの真源寺鬼子母神に寄進せよ、といって来たのか、何か心当たりはござらぬか？」

丸顕和尚は一瞬、穏やかな顔をしかめ、首を傾げた。

「そうですな。……心当たりはありませぬな」

「白狐党一味が、鬼子母神に千両もの大金を寄進させるには、何か大事な理由があると思うのだが」

「ううむ」

「昔、白狐党の誰かが、こちらにお世話になったことがあるとか。あるいは、もしかして、こちらの縁者が白狐党の一味であるとか」

「思い当たることはございません」

丸顕和尚は首を横に振った。

二

入谷の鬼子母神からの帰り道、屋根船の中で向原が突然に文史郎に切り出した。

「御足労ですが、我が藩の下屋敷にお寄りいただけませんでしょうか。実は、下屋敷におられる奥方様が、ぜひとも相談人様たちに直々《じきじき》にお目にかかり、ご挨拶したい、と申されているのでござる」

信太藩の下屋敷は、掘割を戻る途中にあった。

「奥方は床に伏せっておられるのではないのか?」

文史郎は向原に訊いた。

「はい。昨日までは、上屋敷で床に伏せっておりましたが、居ても立ってもいられず、病気養生を名目にして、下屋敷に避難したのでござる」

「避難？」

「はい。上屋敷は、いわば筆頭家老派たちの巣窟のようなものでして、奥方様は常に筆頭家老たちの監視下におかれていたのです。一方、下屋敷には前代のご隠居様も居られて、筆頭家老派の監視が弱い。他方、次席家老の手の者たちが多く、奥方様も安心なのでござる。それで病気静養を理由に、奥方様は下屋敷にお移りになられたのです」

「分かり申した。では下屋敷に伺おう」

文史郎はうなずいた。

左衛門も大門も異存はなかった。

文史郎たちは、下屋敷の奥座敷に案内された。

しばらく待たされたあと、侍女に支えられた奥方が姿を現した。

奥方は心労でやつれ、痩せ細っていた。

それでも文史郎たちにやつれた姿を見せまいと、化粧をしていた。

奥方は下座に座り、三指《みつゆび》を着いて、深々と頭を下げて挨拶した。

「若月丹波守清胤様、お待たせいたしました。このようなお見苦しい姿をお見せいたしますご無礼をお許しくださいませ」

文史郎は居住まいを正した。

「奥方様、お手を上げてください。それがし、いまは若隠居の身。那須川藩主の若月丹波守清胤ではござらぬ。藩邸を抜け出し、相談人として働く素浪人の大館文史郎にござる」

「そうは申されても、私たちにとって、お殿様であることにお変わりありません。向原からも、お噂をおききしております。いまも長屋のお殿様と呼ばれておられるとか」

「ははは。それは洒落《しゃれ》でござる。長屋の住民たちが付けてくれた愛称のようなもの。なんの肩書きでも身分でもありませぬ。殿などとは呼ばないでくだされ」

文史郎は頭を掻いた。

「では、なんとお呼びしたら、いいのでしょうか?」

奥方は戸惑った顔で文史郎を見た。

さすが藩主の正室である。やつれてはいるが、美貌は失わず、気品もある。島田髷もしっかり結い、唇には薄紅を引き、薄化粧をしている。

「相談人、あるいは文史郎とでもお呼びください」

「さようでございますか。そちらに控えておられるお二人も相談人にございますか？」

奥方は文史郎の左右に座った左衛門と大門に目をやった。

文史郎は手で左衛門と大門を紹介した。

「さよう。こちらに控えている者は、それがしの傅役《もりやく》でもある左衛門、それに、大門甚兵衛にござる」

左衛門と大門がそれぞれ頭を下げて挨拶した。

「相談人様たちに御足労いただきましたのは、実は、内密にお話ししたいことがあってのことです。御家老、人払いをしてください」

「はっ、奥方様。皆の者、下がって」

向原は、侍女や護衛のお小姓を全員退室させた。

座敷から人がいなくなると、奥方はおもむろに着物の懐から、書状を取り出した。

「殿が攫われてから、なんとなく殿の書院を調べていたら、文箱《ふばこ》からこんな手紙が出て来たのです」

奥方は書状を文史郎に手渡した。

「お読みしても、よろしいかな？」

「どうぞ、ご随意に」

奥方は目を伏せた。

「では、拝見仕《つかまつ》る」

そっと書状を開いた。

そこには流れるような達筆で歌が書かれていた。

恋しくば尋ね来てみよ　筑波なる信太《しのだ》の森のうらみ葛花
　　　　　　　　　　　　　　　　　　　　　葛の花

「ほう。本歌取りの歌のようだな」

文史郎は書状を一読し、左衛門に回した。

左衛門も一瞥《いちべつ》してうなずき、書状を大門に渡した。

「本歌は『恋しくば尋ね来てみよ　和泉《いずみ》なる信太の森のうらみ葛の葉』でしたな」

「うむ。葛の葉が葛花に、和泉が筑波に変わったというのか。筑波にも信太の森があるのだな？」

家老の向原が返事をした。

「はい。大昔から常陸国にも信太村がございました。我が信太藩は、その土地の名に由来しております」

「おう、そうであったか」

文史郎は腕組をした。

大昔の伝承によれば——。

摂津国《せつつのくに》の安倍保名《あべのやすな》という男が、和泉の信太の森で、狩人に追われた白狐を助けたものの、自分も怪我をしてしまう。怪我をした保名の前に現れたのが葛の葉という見目麗しい女だった。葛の葉は保名を介抱し、家まで送り届けた。それから、葛の葉と保名は互いに惹かれ合い、恋仲になって結ばれる。二人の間には、子供も生まれ、童子《どうし》丸《まる》と名付けられた。

童子丸は後《のち》に希代の陰陽師《おんみょうじ》となる安倍清明《あべのせいめい》だ。

その童子丸が五歳になった折、葛の葉が保名に助けられた女白狐であることがばれてしまう。

葛の葉は人の世に住むことができず、泣く泣く童子丸と保名を捨てて、信太の森へ還って行く。そのとき、書き置きした一首が、「恋しくば尋ね来てみよ……」だった。

大門が書状を鼻で嗅いだ。

「殿、この手紙は女文字ですぞ。それにかすかだが移り香の匂いもする」

「大門、細かいな」

大門はにやっと笑った。

文史郎は奥方に向いた。

「奥方は、この歌の手紙が、久世殿の失踪になんらかの関係があると見ておるのですな」

「おそらく、そうでございましょう。この一首の意味を思えば」

奥方は哀《かな》しげに目を潤《うる》ませた。

久世殿の陰に、白狐ならぬ女がいる、ということか？

白狐党の名からして、この歌から引用した名のように思える。

歌にある「葛の花」とは、いったい、何者なのだろう？

文史郎はあえて奥方に訊いた。

「この手紙は、書院のどのような場所に保管されていたのかな？」

「書院の書棚の奥に、ほかの手紙や重要な文書とともに保管されてあったのです」

「ほかの文書というのは？」

「将軍様や老中様のお手紙などに隠してあったのです」

「ということは、かなり、大事に思っていた手紙ということですな」

「はい」

　奥方は顔を伏せた。

　文史郎は考え込んだ。

　久世殿は、この歌の末尾にある葛の花という女に会うために、筑波の信太の森を訪ねて消えたというのか？

　文史郎は江戸家老の向原に目をやった。

　向原は文史郎と目が合うと、慌てて視線を外し、目を瞑《つむ》った。口をへの字にし、しかめ面をして押し黙っていた。

　向原は、江戸家老を長く務めている。もしかして、久世殿の身辺について、何かの事情を知っているのではないか？

　しかし、奥方の前で、それをいうわけにいかない。

　文史郎はふとそんな予感がした。

三

いったん蔵屋敷へ取って返した向原たちは、午後、用意した千両箱を屋根船に積み、雑司ヶ谷の鬼子母神に向けて出発した。

朝同様、供侍たちが分乗した二艜の猪牙舟が屋根船の前後を護衛している。

三艜の船は一列縦隊になり、外堀の神田川を遡って行く。

部屋の舳先側には左衛門と大門が座り、行く手を眺めていた。

文史郎は船の障子戸をがらりと開け放ち、春風になびく土手の柳や、さくらの花が散る様を眺めた。

「綺麗ですなあ」

「これで、酒が飲めれば、船中花見となるのだがな」

大門と左衛門はぶつぶつ言い合っている。

向原は放心したような表情で、何ごとかを考えている様子だった。

文史郎は向原を振り向いた。

「御家老、久世殿のことで、何か、それがしに隠しておることはないか？」

向原は一瞬虚《きょ》を突かれて動揺したのか、口籠《ご》もった。

「……いえ、拙者は何も……」

文史郎は畳みかけた。

「奥方様の前ではいえぬ内緒ごとがあったのではないか？」

「……と申しますと？」

向原は困惑した顔付きになった。

「おぬし、もしや葛の花という女子《おなご》に、心当たりがあるのではないか？」

「……そのようなことはありません」

向原はややうろたえた。

「正直にいってくれぬか。たとえ、久世殿にまずいことであっても、すべて話してくれぬと、我らも対処の仕様がない」

「………」

向原は脇できいている左衛門や大門に目をやった。

やはり向原は他人にきかれてはまずいことを知っているのだ。

「それがしたち相談人は、引き受けた依頼について、どんなことがあっても他言しない、という掟《おきて》がある。安心するがいい」

左衛門もうなずいた。

「そうでござる。向原殿、ご安心を。それがしたちは、おぬしたちの味方。無用な心配は不要でござる」

「それがしも武士のはしくれ。約束は命に換えても守る。武士に二言《にごん》はない」

大門も腕組をし、興味津々《しんしん》の面持ちで向原を見つめた。

「分かりました。お話しします」

向原は溜め息をついた。

「葛の花は殿と深い仲にあった芸妓でござった」

「なに、久世殿の愛妾だったというのか？」

文史郎は左衛門と顔を見合わせた。

「これには、深いいきさつがあります」

「ほほう。きかせてくれ」

向原はうなずいた。

「殿が、まだ元服して間もないころのことでございますから、もう三十年以上も前となりましょうか。それがしは、若殿の傅役を務めておりましたのですが、在所に育った若殿は弓馬の鍛練のため、毎日のように馬を駆って山野を巡り、狩りをしておりました。あの日も、今日のように、さくらが満開に咲き乱れていました。……」

向原は、ぽつぽつと話し出した。

そんな春爛漫の日のこと、若殿はいつものように、数人の供侍を連れて、馬を駆って狩りに出た。

だが、その日はあいにくなことに鹿や兎などの姿はなく、若殿たちは一匹の獲物も捕れなかった。そのうち、日暮れも近くなったので、若殿たちは狩りをあきらめ、城への帰路についた。

途中、信太の森に差しかかったとき、狼の群れが、さくらの木を取り囲み、唸り声を上げているところに遭遇した。

さくらの木の根元には、娘子と、その母親らしい女が棒切れを振るい、狼たちを追い払おうとしていた。母親も娘子も、狼たちに全身を咬まれ、満身創痍《まんしんそうい》で血だらけだった。

若殿たちは馬を駆って、弓矢を射《う》ち、たちまち狼たちを追い払った。

若殿は馬から飛び降り、倒れている母子を助け起こした。母も娘子も全身を咬まれてはいたものの、それほど深傷《ふかで》ではなく、命には別状なかった。

母子は若殿たちが助けてくれたことに感謝して、何度も頭を下げて、若殿たちを見送っていた。

向原参佐衛門は思い出すようにいった。

「それから、間もなく若君様は、病で亡くなった父藩主昭匡《あきまさ》様の後を継いだのです。新しい藩主となった達匡様は在所を離れ、江戸へ上がったのです。傅役だったそれがしも、いっしょに江戸へ来て、それ以来、江戸屋敷に詰めることになりました」

向原参佐衛門は言葉を継いだ。

久世達匡は将軍家ゆかりの美香姫を正室に迎え、二人の間には娘も生まれた。

達匡は将軍の覚えもよく、若くして幕府要路に抜擢《ばってき》された。

達匡は府内での仕事をこなしながら、一方、在所にしばしば戻り、慢性的な財政赤字を立て直すために、藩内の守旧派執政を罷免し、藩政改革を断行した。門閥派閥に捉われず、有能な若者を随所に抜擢登用し、灌漑事業や新田開発、殖産振興などに力を入れた。

その甲斐あって、石高二万二千石だった常陸信太藩は、実高三万石といわれる豊かな国になった。

若殿は在所に戻ると、下士の身形《みなり》をして、城を密かに抜け出し、お忍びで城下町や農村を巡察し、領民の暮らしを見て回った。

若君は、何度か巡察するうちに、城下町にも華やかな遊廓があるのに気が付いた。きけば、城中の者も大勢が出入りしている。

達臣は、ある日、供侍一人を伴い、身分を隠して地元一番の妓楼金貴楼《きんきろう》に上がった。そこで達臣の目に止まったのが、美しい芸妓葛の花だった。

葛の花は抜けるような色白の肌をした美しい女で、立ち居振る舞いに高貴な家の娘を思わせるような気品と風格があった。

その上、葛の花は歌の素養や漢籍の教養もあったので、達臣の無聊《ぶりょう》を慰める格好の話し相手にもなった。

葛の花は、ふとした折に、どこか寂しげな翳《かげ》を覗かせた。それは葛の花の生い立ちの秘密らしいのだが、達臣がどんなに頼んでも、葛の花は決してそれを話すことはなかった。

そのうち、葛の花は、達臣が若者だったころに、狼たちから救い出した母子のうちの娘だったと分かった。

葛の花は、初めて達臣が登楼したときから分かっていたが、恥ずかしくて口に出せなかったと告白した。

達臣は、そんな可憐な葛の花との出会いに運命を感じて、葛の花を誰よりも愛しく思うようになった。一方の葛の花も達匡を慕い、二人は深く情を交わすようになった。

それから、達匡の廓狂いは日増しに募り、いつしか藩政を顧《かえり》みなくなっていた。廓遊びに遣う金は嵩《かさ》み、豊かだった藩の財政は次第に悪化して行った。

達匡は、幕府から再三の府内へ戻るようにとの呼び出しにも、病を理由に応じず、在所に留まり続けた。

事情を知らぬ奥方の美香は、達匡の病を心配し、江戸で評判の良医を手配して、在所に送ったりした。

達匡の廓遊びが幕府に知られたら、どのような処分が出るか分からない。かつて、派手な吉原通いをしていた藩主が、改易転封された事例もある。

それまで達匡の廓狂いについて、幕府に知られないよう、必死に隠していた藩の家老たちは、ここに至って、これ以上は藩のためにならないとなり、達匡に葛の花と別れるように強く談判し、江戸へ上がるように説得した。

一方、家老たちは、密かに葛の花にも会い、達匡と縁を切るよう強く要請した。

達匡は説得に応じ、葛の花と別れて、江戸に帰ると約束したものの、出発を一日延ばしして、在所になおも留まった。

折も折、激しい嵐の夜、遊廓の一角から出火し、火消したちの必死の活躍にもかかわらず、金貴楼は全焼してしまった。逃げ遅れた大勢の遊女たちに混じって、葛の花の遺体もあった。

たまたま、その夜は廓に行かず、城にいて難を逃れた達匡は、焼け跡から発見された葛の花の無惨な遺体を目にし、腑抜けのように放心していた。

出火の原因は分からない。火が出たところが、普段火の気のない蒲団部屋だったことから、火付けの噂もあったが、それもいつしかうやむやになった。

遊廓は、それを機に取り払われ、いまは廃墟のままになっている。

向原は話を終えた。

船は小石川御門の前を過ぎ、外堀から右手の神田川本流に入り、上流に向かいはじめていた。

沈黙が流れた。しばらくして、文史郎が訊いた。

「遊廓が火事になったのは、いつのことです？」

「いまから、十八年ほど前になりましょうか」

「そのとき、葛の花は死んでいなかったのかのう」

「奥方が見付けた手紙が、ほんとうに本人の書いたものだとしたら、葛の花は火事で死なず、生き延びていたのかもしれません」

向原は頭を振った。

文史郎が尋ねた。

「葛の花が、もし、生きているとしたら、いくつになる?」

「殿が五十歳になるところですから、葛の花は三十八、九歳ほどでしょうか」

大門が振り向いた。

「三十八、九か。いまも色気たっぷりのいい女でしょうな。殿、米助《よねすけ》のような……」

「うむ。そうだのう」

文史郎もうなずいた。

深川の辰巳《たつみ》芸者の米助も同じくらいの年回りだ。このところ、逢っていない。

「殿、大門殿、仕事、仕事ですぞ。妙な想像は仕事のあとにしてください」

左衛門が苦言を呈した。

「分かっておる」

文史郎は気を引き締め直した。

船は駒塚橋《こまつかばし》の袂の船着き場に着いた。

土手に先回りした護衛の侍たちが荷馬を連れて待ち受けていた。

供侍たちは船から千両箱を陸揚げし、荷馬の背に載せた。

そこから右手の道を行けば、護国寺《ごこくじ》への参道に抜ける。左手の道を辿れば、雑司ヶ谷鬼子母神の境内に通じている。

文史郎たちは、千両箱を積んだ荷馬を囲むようにして静々と屋敷町の間の道を進んだ。

やがて町並が切れて、田畑が広がった。右手にこんもりと繁った欅《けやき》の並木越しに、法明寺鬼子母神の甍《いらか》が見え隠れしていた。

文史郎たちは田畑の中に延びる道をゆったりと歩んだ。

天空に雲雀《ひばり》の囀《さえず》りがきこえた。

爽やかな風が吹いている。

あたりには不審な動きをする者たちの姿はない。

それでも、文史郎たちは警戒心を緩めずに荷馬の一行の前後左右に目を走らせていた。

やがて一行は鬼子母神への参道に入り、欅並木をまっすぐに大門に向かった。

大門を潜ると、境内いっぱいに咲き誇ったさくらが文史郎たちを出迎えた。

文史郎たちはようやく安堵した。

境内では大勢の参拝客たちが屯《たむろ》し、さくら見物をしていた。

一足先に着いた供侍たちが住職に面会し、用件を伝えてある。

文史郎たちは、荷馬を供侍たちに預け、まずは本堂の鬼子母神にお参りした。

法明寺の鬼子母神像は、鬼の字の頭に角がない。そのため、鬼子母神像は鬼形ではなく、羽衣《はごろも》をまとい、手に吉祥果《きちじょうか》を持ち、赤ん坊を抱いて微笑む菩薩形だった。

線香の強い香の煙が漂ってくる。

文史郎は賽銭箱に小銭を入れると、両手を合わせて、久世達匡殿の無事を祈願した。

大門も左衛門も、いつになく神妙な顔で鬼子母神に祈っている。

合掌をしているとき、ふと首筋に鋭い視線があたっているのを感じた。

振り向くと、すぐに視線は消えた。

文史郎は視線の元を辿った。本堂に続く石畳の道の先に満開のさくらの木がある。

そのさくらの木の下に、七、八人の白装束の修験者たちが屯していた。

いずれも金剛杖を手に、笈を背負った山伏たちだった。

山伏たちは文史郎が見ているのに気付き、一斉に顔を向けて、文史郎を見つめた。

「殿、いかがなされた?」

左衛門が傍に寄った。

「あの山伏たち……」

山伏たちはすぐに顔を背け、さくらの木の下から、門に向かって、引き揚げはじめた。

「いったい、なんです？」

大門も文史郎に近寄った。

「いや、気のせいだろう。なんでもない」

文史郎は頭を振った。

供侍の一人が文史郎たちに駆け付けた。

「相談人殿、住職がお会いするそうです。いっしょに僧坊の方へお越しください。御家老もお待ちしております」

「分かった。すぐに行こう」

文史郎はうなずいた。

四

住職の老和尚は、柔和な笑みを浮かべ、頭を左右に振った。

「筑波の白狐党とやらから千両もの大金を寄進されるような覚えは、思い当たりませぬな」

「心当たりはありませぬか」

家老の向原は腕組をし、考え込んだ。

「ありませぬ」

老和尚は気の毒そうにいった。

文史郎が向原に代わって訊いた。

「二日前に訪ねて来た女子についても、見覚えはござらぬか？」

「そうですな。私は見ていないが、もしかして……」

老和尚は傍らに座った僧侶に向いて訊いた。

隣の僧侶は老和尚の耳に手をあてて返事をした。

「見覚えはありません」

文史郎が重ねて訊いた。

「訳は分からぬが、この脅迫者は鬼子母神に非常な恩を感じていると思う。和尚は、恩を感じるようなことをなさったことはござらぬか？」

「さあ。記憶にありませぬなあ」

老和尚は頭を左右に振った。

傍らの僧侶がいった。

「和尚様、これまで、何人もの捨て子が持ち込まれ、子のない御大尽の家にお預けしたことがございましたでしょう？」

「おう、そうよのう。そんなことがあったのう」

「もしかして、そうした御大尽に貰われた子が長じて、そのお礼に、法明寺鬼子母神に御寄進なさろうとしているのではないですかな」

「それにしても、千両とはあまりに大金に過ぎように。うちばかりでなく、入谷の鬼子母神様にも、千両を寄進するそうだからのう」

「よほど、鬼子母神様に恩を感じている人なのではありませぬか」

向原が口を挟んだ。

「和尚様、いかがでしょう？　殿の身の代金としてですが、千両の寄進をお受けいただけませんか」

老和尚は相好《そうごう》を崩した。

「分かりました。寄進の理由はともかく、久世達匡様が無事お帰りになるまで、千両を御預かりいたしましょう」

「ありがとうございます。殿が無事であれば、千両はそのまま法明寺に寄進させていただきます」

「さようか。御家老の気が済むようになさるがよろしかろう」

老和尚は大きくうなずいた。

傍らの僧侶が紫色の絹布に包んだものを向原の前に差し出した。

「二日前に訪ねて来た娘が、千両の寄進を受け付けたら、寄進者に手渡してほしい、と申されていました」

向原は包みを受け取りながらいった。

「その娘子、夜叉姫と名乗っておりませなんだか？」

「確かに、夜叉姫様と名乗っておられました」

文史郎は左衛門と顔を見合わせた。

「やはり。では、入谷の鬼子母神に来た姫がこちらにも参っていたのだな」

向原は紫色の布を解いた。

黒い漆塗りの印籠《いんろう》が出て来た。久世家の桐葉の家紋が入っていた。

「殿の御印籠にござる」

向原は呻くようにいった。

印籠とともに折り畳んだ手紙が添えてあった。

向原は震える手で畳まれた手紙を開き、目を通した。

「なんとある？」

文史郎は向原に尋ねた。

「彼らの手の者が、我らを監視しているとの由。指示された通りに事を運べば、必ずや殿は無事お戻りになるとも」

「手の者が見張っているというのでござるか？」

左衛門は文史郎の顔を見た。文史郎は先刻に見かけた修験者たちを思い浮かべた。

大門は僧坊の掃き出し窓から見える境内に目をやった。

「あの山伏どもでござろうか？」

文史郎は頭を傾げた。

密かに監視する者たちが、はたして、山伏のような目立つ格好をするのだろうか？

「分からぬ。いずれにせよ、見張っている者がいるとして、指示通りに動いている我らに手出しはすまい」

「それはそうでござるな」

左衛門もうなずいた。文史郎は向原に訊いた。

「ほかには？」

「ありません」

向原は文史郎に手紙を渡した。

文史郎は手紙を一瞥した。

入谷の鬼子母神にあった手紙同様、差出人は久世達匡という署名があった。久世直筆の手紙だ。

「殿が、お痛わしい」

向原は手紙を受け取り、わなわなと軀を震わせた。

「いかがいたした？」

「このような手紙をいやいや書かされる殿のご心中を察するに、その屈辱、いかばかりなものかと思い、一刻も早く殿をお救いいたしたいと思うばかりでござる」

「…………」

文史郎は別の思いに浸っていた。

はたして久世殿は、この手紙をいやいや書いているのか、疑問だった。

筆は少しも心の乱れを感じさせない。脅迫されて書いた手紙ならば、筆運びの乱れがあって不思議ではない。

筆致を見るかぎり、久世はまったくの平常心で、すらすらと筆を運んでいる。文章も滑らかで、監禁されている者が記した手紙とは思えない。

指示の文言《もんごん》もまるで他人事《ひとごと》のことであるかのように、淡々とし、己の命が危ないというのに切迫感がなかった。

五

その夜、文史郎たちは向原の勧めもあって、蔵屋敷に泊まった。

市川の鬼子母神へは、早朝に出発するためだ。

文史郎たちが夕餉を終え、縁側で酒を飲みながら寛《くつろ》いでいるところに、江戸家老の向原参佐衛門と次席家老の室井傳岳が、慌ただしく座敷に入って来た。

「相談人様、困ったことになりもうした」

向原は文史郎の前に座り込んだ。次席家老の室井傳岳も、青ざめた面持ちで正座した。

「いかがなされた?」

「公儀の使いが上屋敷に御出でになり、殿の病の具合を、お見舞いに参ったというのでござる」

向原は汗を手拭いで拭った。室井が咳き込むようにいった。

「これまでは、殿は在所から江戸へ上がったものの、旅の疲れもあってか、急な病で床に伏せ、登城ができなかったと申し上げて、その場しのぎをしていたのでござるが、お使いは、久世逵匡殿について、城中において妙な噂が飛び交っていると申されるのでござる」

「どのような？」

「在所から江戸へ参る途中の宿場町において行方知れずになったとか、寝所から何者かに掠われたらしい、とか」

向原が室井のあとを次いで言った。

「滅相《めっそう》もない、そのようなことは一切《いっさい》ござらぬ。そのような噂は殿を貶《おとし》める策謀でござる、決してお信じくださらぬようにと、拙者たちが強く申し上げたのでござった」

文史郎は盃を空《あ》け、向原に差し出した。

「お使いは納得なされたかな？」

向原は盃を受け取った。

左衛門がお銚子の酒を向原の盃に注いだ。

向原は一気に盃をあおった。

文史郎は室井にも、別の盃を差し出した。

「いや、拙者はこのようなときに……」

室井は手を左右に振った。

大門が笑いながら脇からいった。

「このようなときにこそ、飲んで気を落ち着かせねば」

「さようさよう。そうでござるぞ」

左衛門が湯呑み茶碗を差し出した。室井はしぶしぶ茶碗を受け取った。

「向原殿、駆け付け三杯と申しますぞ」

左衛門は向原に促した。

「そうでござるな」

向原は盃で酒を受け、またくいっと空けた。

室井も湯呑み茶碗の酒を、喉を鳴らして飲み干した。

「どうでござる？　お二人とも少しは落ち着かれたかな？」

文史郎は笑いながら、自分も盃から湯呑み茶碗に換えて、左衛門から酒を受けた。

向原はようやく笑みを浮かべた。

「ははあ、確かに、落ち着きましたな。のう、室井殿」

「まあまあ、なんとか落ち着きました」

室井も顔にほんのりと血の気が戻った。

文史郎は湯呑みの茶碗酒を飲みながら訊いた。

「公儀のお使いは、ただ御見舞いに寄ったのか?」

「噂の真贋《しんがん》を確かめようとした様子です」

「で、どうなすった?」

「殿は、いま寝入ったばかりで、起こすことはできない、本日のところは申し訳ありませぬが、このまま御引き取り願いたいと申し上げ、御使者にお帰りいただきました」

「使者は不審を抱いた様子か?」

「室井殿と、ちと画策しまして、その場はなんとかやりすごしました」

向原はにやっと皺《しわ》だらけの顔を崩した。室井が向原の代わりに言った。

「実は、向原殿が御使者と面談しておりますうちに、それがしが奥方様に相談し、急遽、殿の身代わりを立てたのでござる。身代わりの者を寝所の殿の蒲団に寝かせ、あたかも殿が伏せっているかのように装い、御使者に中庭越しに殿の寝所を覗かせたのです」

　文史郎は笑った。

「使者は納得したかのう？」

「はい。おそらく殿が病で伏せっていると納得なさったと思います。それ以上は、何もおっしゃらなかったので」

　向原はいった。室井が首を捻った。

「そうでござろうか？　御使者は帰りぎわ、御典医はどなたかな、とおっしゃっておりましたからな。もしかして、御使者は典医の慶庵《けいあん》に殿のことをきこうとしているのかもしれません」

「殿の容体のほかに何をきかれたですかな？」

「そうそう。筆頭家老の相馬蔵之丞殿はおられぬのか、とお尋ねになった。上屋敷には、普通は殿の側にいる相談役の相馬殿が不在だったので、御使者は不審に思われたらしいのです」

「こんな非常のときに筆頭家老の相馬殿が不在だったのか？」

「筆頭家老の相馬殿は、江戸のことは、向原殿と拙者に任せ、急遽、在所に戻ったのです。相馬殿は在所で殿の救出の陣頭指揮を執っておるのです」

「そうか。殿は病いで伏せ、筆頭家老は不在となると、公儀の使者も、何ごとか、と少々疑うかもしれないな」

「でござろう？　それで、何か相馬殿に、お急ぎの御用でもあるのか、お尋ねしたのでござる」

室井が交替していった。

「そうしたら、御使者は内密の話として、我が殿が幕閣の一員である若年寄に抜擢されるかもしれない、その候補に上がっていると教えてくれたのでござる」

「ほう。それはそれは。慶事でござるな」

文史郎は酒を飲みながらうなずいた。

向原が頭を振りながらいった。

「しかし、御使者いわく、早く病が癒えてくださらないと、折角《せっかく》の人事が流れ、ほかの藩主に回るかもしれない、と」

室井が溜め息をついた。

「まして、もし、殿が白狐党一味に拉致されているなどという不始末が幕府の耳に達すれば、殿の若年寄就任は夢と消えましょう」

文史郎は左衛門と顔を見合わせた。

これは厄介なことが増えた、と文史郎は思った。

もし、久世達匡が若年寄に抜擢されるとなると、事前に公儀は達匡の身辺を根掘り葉掘り聞き回るに違いない。達匡のことを、詳しく調べ、若年寄にふさわしい人物か否かを老中に報告することになる。

達匡が若年寄に就任したあとに、不祥事が発覚したり、不始末を抱えていたら、抜擢した幕閣の沽券《こけん》にも関わるからだ。

おそらく、公儀の使者が上屋敷を訪ねたのは、その先触れに違いない。

今後は、久世達匡の周辺を公儀隠密が嗅ぎ回る。

やれやれ、事は一層面倒になったな、と文史郎は溜め息をついた。

そんな文史郎の心中を知らず、向原と室井は腰を落ち着け、下女に台所から、追加の酒や肴を持って来させ、大門や左衛門相手に飲みはじめていた。

六

百目《ひゃくめ》蠟燭《ろうそく》の炎が揺れた。どこからか、隙間風が入って来る。

夜に入り、急に寒さがぶり返していた。

火鉢の炭火が恋しくなるほどだった。

花冷えか。

昼間暖かかった分、一層、寒さを感じるのだろう。

文史郎は盃を傾けながら、酒に酔った向原や室井の愚痴話を聞き流していた。

向原も室井も家老という藩の要職にあって、日頃から不満が鬱積しているのだろう。

大門も左衛門も、二人の話に適当に相槌を打ちながら酒の相手をしていた。

文史郎は、今夜はいくら杯を重ねても、妙に酒に酔えずにいた。

昼間きいた芸妓葛の花の悲話が頭にこびりついていたからだろうか。

傾城《けいせい》か。

城を傾け、国を滅ぼすほど、男を夢中にさせる色香を放つ絶世の美女。

文史郎も若いころ、在所の廓にお忍びで遊びに通ったことを、ほろ苦く思い出した。

久世達匡の心を虜にした葛の花は、どのような遊女だったのか？

愛しい女の遺体を目《ま》のあたりにして、達匡は気が狂いそうなほどの悲しみに苛《さいな》まれたことだろうか。きっと生木《なまき》を裂かれるような心の痛みを感じたに違いない。

その死んだはずの葛の花が生きていた？

久世達匡の心中の驚きと喜びは、想像するに余りある。

達匡はあの歌が書かれた手紙を受け取り、目を疑ったに違いない。半信半疑ではあったろうが、すぐにも心は筑波の信太の森に飛んでいたはずだ。

そして、在所に戻った折に、ついに達匡は思い出の地に馬を駆った。

そこに待っていたのは白狐党を名乗る一党だった。そして達匡は囚われの身になった。

葛の花はほんとうに生きていて、達匡の前に現れたのか？

もし、葛の花が生きていたとして、なぜ、いまごろになって、達匡にあの歌を寄せたのか？

なぜ、葛の花ではなく、白狐党なる一党が現れて、達匡を掠ったのか？

供侍三人を瞬時に斬った若い女剣士は、いったい何者だというのか？

文史郎はつぎつぎに湧き出す疑問に頭が混乱して、とても酔う気分ではなかった。

「向原殿、さあ、起きて」

左衛門の声に、文史郎は物思いから我に返った。

向原参佐衛門は座ったまま、いつの間にか、こっくりこっくりと船を漕いでいた。

「御家老、起きなされ。明日も早い。もうお休みになったら、どうだ？」

左衛門が心配して向原の軀を揺すると、目を開け、

「大丈夫でござる。なんのこれしきの酒……」

と動こうとしない。そして、またゆっくりと船を漕ぎはじめる。

「ここだけの話だが、相談人、きいてくれるか？」

次席家老の室井傳岳が急に声を落とした。

大門が上体を揺らしながらいった。

「ききますぞ。さあ、室井殿、なんでもいってくだされ」

左衛門が室井の湯呑みに酒を注《つ》いだ。

「いや、もう拙者は十分」

室井はそういいつつも、なみなみと注がれた湯呑みの酒を口に運ぶ。そして、一口飲むと、酔眼朦朧《すいがんもうろう》とさせながらも、文史郎に向いていった。

「殿が掠われた背後には、相馬がいる、と拙者は睨んでおる」

左衛門が確かめた。

「相馬？　筆頭家老の相馬蔵之丞殿のことか？」

「そう。その相馬蔵之丞だ」

室井は大きくうなずいた。

「なぜ、背後に相馬がいるというのだ？」

「それを話せば、長くなる。朝までかかる」

　大門がいった。

「それを短くいえば？」

「相馬は藩乗っ取りの野心を抱いておる」

「どうやって、乗っ取るというのだ？」

　左衛門が訊いた。

「相馬は殿を早々に隠居させ、血の繋がりのある孫を後継ぎにし、後見人となって藩政を一手に握って牛耳《ぎゅうじ》ろうというのだ」

「なぜ、そのようなことをする？」

　文史郎が訊いた。室井はゆらゆらと上体を揺らしながら答えた。

「相馬の後ろには、隣の土浦《つちうら》藩がいる。土浦藩は、前々から肥沃な田畑が多い我が信太藩の領地を自領に吸収合併しようと狙っている」

「相馬蔵之丞は土浦藩の手先だというのか？」

「そうだ。だから、今回の拉致事件の背後には、きっと土浦藩がいる」

　文史郎は左衛門と顔を見合わせた。左衛門は酔ってはいるものの、素面《しらふ》に近く、なんでも覚えている。

土浦藩は譜代で、石高九万五千石の大きな藩だ。

藩主の土屋《つちや》家は、水戸藩の徳川家と繋がりがある。

「土浦藩がいるという証拠は？」

「そんなものはない。あれば話はもっと簡単になる」

室井は目を据わらせていた。

左衛門が首を捻った。

「なぜ、相馬蔵之丞は土浦藩の手先だというのだ？」

「土浦藩の家老の一人が相馬本家の総領で、相馬蔵之丞は、その親戚にあたる分家だ。もし、信太藩が土浦藩に吸収合併されれば、相馬はその功労者として、土浦藩の家老の座が保証されている」

「相馬蔵之丞が久世達匡殿拉致事件の背後にいるという証拠はあるのか？」

「ない。だが、拙者が思うに、そうに決まっておる」

室井はなおも湯呑みの酒をあおった。いつの間にか、室井の顔は青白くなっていた。

悪酔いしている。

「相馬が白狐党に久世殿を掠わせたというのか？」

「きっとそうだ。そうに決まっている」

大門がじろりと室井を睨んだ。

「白狐党とは、いったい何者なのだ？」

「知らぬ。きっと相馬の子飼いだと思う」

室井は苦々しくいった。

「なぜ、そう思う？」

「なぜかと申せば、……そう思うからだ」

室井は口をへの字にした。

左衛門が文史郎の顔を見た。

大門がいった。

「だめだ、これは。室井殿は酔い過ぎた。訳が分からなくなっている。殿、そろそろお開きにしましょうぞ」

「うむ。そうだな」

文史郎は笑いながらうなずいた。

室井はじろりと目を剝いて文史郎と大門を見つめた。

「殿だと？」

左衛門が室井にいった。

「さあさ、室井殿、おぬし、酔い過ぎだ。我らも明日が早い。もう休もうではないか」

「拙者、まったく酔っていないぞ」

大門が室井を宥めた。

「分かった分かった。室井殿は酔っていない。だから、寝所に戻ってお休みくだされ」

左衛門は居眠りをしている向原の軀を揺すった。

「さあさ、向原殿も、寝ましょうぞ」

「はい。寝ます」

向原は素直にうなずいた。

大門が大声で近くに控えている供侍たちを呼んだ。奥から返答があり、廊下を急ぐ足音がきこえた。

室井がなおも軀を揺らしながらいった。

「相談人、相馬にご用心を。やつは手下に身の代金を奪わせようとしている。くれぐれも、よろしう頼みますぞ」

「相馬が身の代金を奪わせようとしておるというのか？　どうして？」

文史郎は訝った。左衛門が小声でいった。

「殿、酔っ払いの戯言《ざれごと》でござる。適当に聞き流さないと」

どやどやっと供侍たちが駆け付けた。

供侍たちは慣れた様子で、向原と室井を宥めすかしながら抱え起こし、寝所へ連れ去った。

しばらくの間、廊下の奥から室井や向原の喚く声がきこえたが、やがて静かになった。

大門がにやつきながらいった。

「たいへんな酔っ払いでしたな」

「まったく、ほんとうにしょうがない家老たちですなあ。二人とも正体を失って」

左衛門が溜め息をつき、銚子に残っていた酒を、大門と自分の湯呑みに分けて注いだ。

文史郎は訊いた。

「筆頭家老の話、爺はどう思う？　ただの酔っ払いの与太話とは違うように思うが」

「何かあるかもしれませんな。分かりました。念のため、調べてみます」

左衛門は湯呑みの酒をぐいっとあおった。

大門も酒を飲み干して唸った。

「くうー、効くう」

文史郎は二人の様子を見ながら、室井のいっていたことを反芻した。

久世達匡の拉致事件は、かなり奥が深そうだ。

向原や室井が素面のときに、再度問い質さねば、と文史郎は思うのだった。

七

空はからりと晴れ上がっていた。

風も吹かず、穏やかな日和《ひより》だ。

蔵屋敷を早朝に出立した文史郎たち一行は、静々と道を進んでいた。

目指すは、市川の中山鬼子母神。

先頭を行くのは、馬丁に口取りさせた江戸家老向原の馬である。馬上の向原は二日酔いで、まったく元気がなかった。

その直後に、馬丁が口取りした荷馬が歩いた。荷馬の背には菰《こも》を被せた千両箱が載せられている。荷馬の千両箱を護るように、馬の両脇に二人の供侍がついていた。二人は向原の家臣たちだ。

二頭の馬のあとから、文史郎の馬が歩き、左衛門と大門が徒歩で歩いていた。大門も左衛門も、二日酔いにもかかわらず、足取りも軽い。

馬丁二人を含めて、総勢八人。

文史郎は馬上からあたりに気を配った。

蔵屋敷を出るとき、室井の姿はなかった。お付きの供侍によれば、室井は二日酔いで寝込んでしまった、とのことだった。

両国橋を渡ると、あとは千葉街道を江戸の端の中山までまっしぐら。およそ三里（約十二キロメートル）。

街道は広い田畑の中を通り、低い丘陵の林や原野を抜けて進む。

道端のところどころに満開のさくらが咲き誇り、街道を行く文史郎たちの目を楽しませた。

吹き寄せる春風は爽やか。ぽかぽか陽気で、馬上に揺られていると、眠気にさえ襲われる。

街道を行き交う旅人が、文史郎たち一行に好奇の目を向ける。荷馬の背にある菰を被せた千両箱に気付くと、みな肩を寄せ合い、こそこそ何ごとかを囁き合っている。

先頭を行く向原は馬上でうつらうつら居眠りを始めていた。向原の上体が揺らいでいる。

時折、落ちそうなまでに上体が傾いたかと思うと、はっとして立ち直る。そのくりかえしだった。

馬の両脇に付いた供侍たちも、はらはらしながら歩いていた。

やがて、行く手にこんもりとした森が見えて来た。

森の樹間に寺院の建物や屋根の甍が見えている。

「あの寺が法華経寺、中山鬼子母神でござる」

先を行く供侍の一人が大声で文史郎に告げた。

なおも街道を行くと松林があり、その陰から寺院に続く参道や黒門が見える。

松林越しに五重塔や大きな瓦屋根が比翼のように二つ並んだ入り母屋造《おもやづく》りの御堂が見え隠れしていた。

「御家老、あと一息でござる」

供侍の声に、ようやく馬上の向原は目を覚まし、しゃんと姿勢を正した。

一行は参道の入り口に差しかかった。

参道には馬で乗り入れてはならないしきたりになっていた。

向原も文史郎も馬から下りた。

文史郎が馬の轡《くつわ》を摑み、向原たちに付いて歩き出したときだった。

突然、背後からいななきが響き渡った。いま来たばかりの街道で騒ぎが起こっていた。

一頭の栗毛の馬が乗り手の侍を振り落として暴れていた。

馬は後ろ肢立ちになって前肢を振るい、馬を抑えようとする中間《ちゆうげん》や馬丁を寄せ付けない。

さらに馬は後ろ肢立ちをやめ、今度は後ろ肢で激しく周囲の侍や中間、馬丁たちを蹴飛ばしはじめていた。

「いかん、暴れ馬だ」

大門、左衛門は逃げ腰になった。

馬は街道を走り出し、真直ぐに文史郎たちの方へ突進してくる。

「誰かあ、その馬を止めてくれ」

叫び声が上がった。

「御家老、荷馬を連れて松林へ避難しろ」

文史郎は向原たちに叫び、突進して来る馬に向き直った。

「殿、危ないですぞ」

左衛門が叫んだ。

「待て待て」

文史郎は両手を大きく拡げて、突進して来る馬の前に立った。

殺気立った馬は鼻息も荒く、文史郎に殺到して来る。

馬は滅多に人を足蹴《あしげ》にしない……はずだ。

文史郎は、そうきいたのを思い出し、逃げずに両手を開いて立っていた。

突進して来た荒馬は、文史郎の直前まで来て急停止し、激しくいななきながら、後ろ肢立ちになった。

馬は棒立ちになり、前肢を振り回して、文史郎を近付けまいと威嚇した。

「どうどうどう」

文史郎は馬に優しく声をかけて宥めた。

馬は口から泡を吹き、目を恐怖で引きつらせている。息遣いも激しく荒い。

「殿、ご用心。爺が宥めまする」

左衛門が出ようとした。

「爺、いいから、余に任せよ。爺よりも、余の方が駻馬《かんば》の扱いは心得ておる」

文史郎は暴れ馬に両手を上げ、落ち着くように声をかけた。

「おう、いい子だ。もう大丈夫だ。安心おし。いい子だ、いい子だ」

目の端に、馬の乗り手や馬丁たちが駆け付けたが、皆、どうしたらいいものか、とおろおろしている。

馬は文史郎を険しい目で見ながら、なおも激しくいないていた。

「おう、いい子だ。もう恐いことはないぞ。大丈夫だ。いい子だのう。余がついておるぞ。安心おし」

馬はようやく前肢を下ろした。盛んに長い首を上下させて、四肢を踏みならしていた。

「そうだ。いい子だ。大丈夫だろう？　もう恐いことはないぞ」

文史郎は馬に優しく声をかけ、両手で馬に落ち着くよう宥めた。

「どうどうどう。そうそう。いい子だ」

文史郎は首を上下させる馬にゆっくりと近付いた。

馬は急に首を振り、鼻息荒く、文史郎の手に咬み付こうとした。

「おっとっと」

文史郎は急いで手を引っ込め、馬が咬むのを避けた。

「どうどうどう」

「殿、大丈夫でござるか」

大門の心配する声がきこえた。文史郎は振り向きもせずにいった。

「大丈夫大丈夫。おぬしは無用に近付くな。馬は髯の男を恐がる」

文史郎は大門や左衛門を下がらせ、なおも馬に優しい声をかけた。

左衛門の声がきこえた。

「大門殿、大丈夫。殿は、じゃじゃ馬馴らしに慣れておられるでな。特に荒れる女子と馬を宥めるのは、殿が得意とされること」

「爺、どさくさに紛れて余計なことを申すな」

馬の荒い鼻息が収まりはじめていた。頭を振りながらも、次第に文史郎に従い出している。

「そうそう。それでいい。それでいい。いい子だ」

文史郎は、馬に静かに寄り、そっと鼻面を撫でた。馬はさっと顔を上げたが、文史郎がたじろがず、いい子だ、いい子だとくりかえした。

「どうどうどう」

やがて、馬はおとなしくなり、馬の方から文史郎の胸に鼻面を押しつけて来た。

「よしよし。いい子だ。それでいい。なんも恐いことはないぞ」

文史郎は静かに馬の手綱を手に取った。

馬はおとなしく、文史郎に従った。

「お侍様、ありがとうございます」

馬丁が駆け寄った。

乗馬用の裁着《たっつけ》袴《ばかま》を着た武士が進み出て、文史郎に頭を下げた。

「かたじけない。突然に馬が暴れはじめて」

「いや、鎮《しず》まってよかった。人に怪我をさせたら、大ごとでしたからな」

文史郎は手綱を武士に渡した。

馬丁が街道を振り向きながらいった。

「ひでえんです。誰かが道端から、突然に馬に蝮《まむし》を投げ付けたんでやす」

「……なに？」

参道の方から不意に悲鳴が上がった。

左衛門が指差しながら叫んだ。

「殿！」

前方の松林で斬り合いが始まっていた。

江戸家老の向原と千両箱を積んだ荷馬の周りを、数十人の黒装束の集団が、全員抜刀して囲んでいた。

護衛の供侍たちも抜刀して奮戦しているが、多勢に無勢、何人かが斬り倒され、地べたに転がっていた。

「いかん。これは囮《おとり》だ」

文史郎は左衛門と大門に怒鳴った。腰の刀を抑えて、参道に向かって駆け出した。

大門と左衛門も慌てて文史郎のあとを追って走り出した。

暴れ馬に気を取られている間に、先を行った向原たちが襲われたのだ。

すでに供侍たちのかなりが斬られ、数少なくなっていた。家老の向原も手傷を負った様子で、松の木の根元に蹲っている。残った供侍たちが向原を庇《かば》って黒装束たちに応戦していた。

千両箱を積んだ荷馬は黒装束たちに奪われ、参道の脇の小道へ連れ去られようとしている。

「待て待て」

文史郎は大声を上げながら突進した。

黒装束たちは、十数人が参道いっぱいに広がり、文史郎たちの行く手に立ち塞がった。

「おのれ、曲者！　何者だ！」

文史郎は立ち塞がった黒装束たちに怒鳴り、刀を引き抜いた。

ばたばたと駆け付けた大門は六尺棒を、左衛門も抜刀して、黒装束たちに向き合った。

「御家老！　無事か」

文史郎は松林に叫びながら、黒装束たちを睨んだ。

「………」

向原の呻くような返事があった。

黒装束たちの背後に、松の木の上から、白い人影が舞い降りるのが見えた。

黒装束たちに動揺が走った。

後ろを白装束の人影に、前方を文史郎たちに挟まれ、黒装束たちは一瞬戸惑ったのだ。

気を取り直した黒装束たちは、瞬時に二手に分かれ、白装束と文史郎たちに刃を向けた。

「おのれ、邪魔するか」

頭《かしら》らしい黒装束の声が轟いた。

「おぬしらこそ、許せぬ」

凛《りん》とした女の声が響いた。

白装束の女は小太刀二振りを手にしていた。

文史郎は刀を構えながら、白覆面に上から下まで白装束姿の女に目を奪われた。

白装束姿の女は天女のような羽衣を纏っていた。その衣を翻し、くるくると踊るように黒装束たちの間を飛び回った。

天女の刀が一閃二閃し、黒装束たちが斬り倒されて行く。たちまち、七、八人が斬られて、その場に倒れ込んだ。

別の悲鳴が上がった。

千両箱を背負った荷馬の行く手にも、白装束姿の人影がもう一人降って湧いたように現れた。白装束の刀が一閃し、荷馬の轡を握っていた黒装束が倒れた。いっしょにいた黒装束たちが慌てて抜刀し、そこでも斬り合いが始まった。

「おのれ、おぬしら」

文史郎も黒装束たちに斬り込んだ。

いっしょに大門と左衛門も黒装束たちに打ちかかった。

文史郎は刀の嶺を返し、黒装束たちを手当たり次第に叩き伏せる。

大門も六尺棒をぶんぶんと振り回し、黒装束たちを薙ぎ倒した。

左衛門も黒装束の一人と斬り結んだ。

文史郎は六、七人を嶺打ちで叩き伏せ、動きを止めた。

前後から挟み撃ちされ、黒装束たちは総崩れになった。数人ずつ、ばらばらになって、おろおろしている。

白装束の女剣士がじっと文史郎を見つめていた。

どこからか、鋭く長い呼び子の音が鳴り響いた。

「引け引け」

黒装束たちは、傷ついた仲間たちを運びながら、一斉に参道から脇道へと引き揚げて行く。

家老の向原を守っていた供侍たちが、白装束たちを警戒しながら、千両箱を載せた荷馬に駆け寄って、馬の轡を握った。

白装束たちは、その様子を黙って見ているだけで、何も手出ししなかった。

文史郎は白装束の女と対峙した。

白装束姿の天女は、両手の小太刀を逆八の字に掲げて構えた。

女の軀から猛烈な殺気が文史郎に向かって発せられた。

あまりの殺気に、文史郎は背筋に怖気《おぞけ》が走るのを覚えた。

出来る。この女。

下手をすれば、斬られる。

文史郎は反射的に刀を返し、下段右下方に構えた。

心形刀流《しんぎょうとうりゅう》秘剣引き潮。

女に勝つには、これしかない。

大門も左衛門も身じろぎせず、固唾を呑んで、文史郎と白装束の女の立ち合いを凝視していた。

向原も供侍たちも、二人の気に圧《お》され、その場に凍り付いた。

参道に集まった参拝者たちも、言葉もなく、立ち尽くしている。

間合い二間。

相手は一跳びで斬り間に飛び込んで来る。

勝負は、その一瞬に決まる。

文史郎はじりじりと刀を引いた。

波濤が崩れる寸前まで刀を引き絞る。

白装束の女の小太刀は微動もしない。

風が天女の羽衣を優しくなびかせている。

苛烈な殺気はなおも放たれている。

文史郎は背筋に冷汗が流れるのを感じた。

睨み合いは、続いた。

長い時間が流れたように思った。

白装束の女の傍らに、もう一人の白装束が近付いた。

「媛」

白装束の男が静かに諫《いさ》めた。

媛だと？

その一瞬、殺気が消えた。

白装束の女は、じっと文史郎を見つめたまま、小太刀を下ろした。

女の低い声が問うた。

「いまの剣の構え、なんと申される？」

「心形刀流秘剣引き潮。そういう、おぬしの剣は？」

「夢刀流《むとうりゅう》秘太刀葛の葉」

女は透き通るような声で答えた。

白覆面の下で微笑んでいる。

文史郎も刀を腰の鞘に納めた。

白装束の女は、血糊のついた小太刀を素早く懐紙で拭い、腰の鞘に納めた。

「助けていただき、かたじけない」

「……見かねて、お助けしたまでのこと。礼をいうには及びませぬ」

「おぬし、かなりの剣客。お名前を伺えませんか？」

「名乗るほどの者にありませぬ」

「失礼いたした。それがしは、相談人、大館文史郎」

白装束の女は、覆面の下でふっと笑った。

「存じております。長屋の殿様、元若月丹波守清胤様」

大門が口を開いた。

「せ、拙者は……」

「大門甚兵衛様、そして、そのお隣におられるのが、お殿様の傅役、篠塚左衛門様」

「な、なんと爺の名前まで御存知か」

左衛門がうれしそうに大門と顔を見合わせた。

「ぜひ、おぬしのお名前を」

「いずれ、必ずお目にかかりましょうぞ。その折にでも」

天女のような女は白装束の男を振り向いた。

白装束の男が口笛を吹いた。

林の陰から、二頭の馬が現れた。白馬と芦毛色の馬は競うように駆けてくる。

家老の向原が足を引きずりながら現れ、白装束の女と男に深々と頭を下げた。

「助けていただき、ありがとうござった。これで、無事に寄進できまする」

「…………」

白装束姿の二人は、何もいわず、ひらりと馬に飛び乗った。白馬には女が、芦毛の馬には男が騎乗した。

向原が慌てて二人に尋ねた。

「おぬしたち、もしや白狐党の方々では？」

「しかり。しっかりと寄進なされよ」

白装束の男が笑いながら答えた。

次の瞬間、二人は馬の腹を蹴り、馬蹄を響かせて街道を走り去った。

文史郎たちは呆然として、二人の騎馬武者を見送った。

八

遠寿院法華経寺の住職光円《こうえん》和尚は、穏やかな顔でうなずいた。

「そうでございましたか。よくぞ、そこまで難儀をなさりながらも、千両もの大金を御寄進に御出でになられましたな。きっと御仏もお喜びになり、久世達匡様をお守りなさると思います」

光円和尚は小坊主に命じ、鬼子母神像の供物台から紫色の布の包みを持って来させた。

「これは、昨日、ある方から、あなたたちが寄進に訪れたら、お渡ししていただきたい、と頼まれ、お預かりした仏様でございます。お受け取りください」

光円和尚は包みを向原の前にそっと差し出した。

「仏様でござるか？」

向原は恐る恐る包みを開いた。

包みの中から、木彫りの仏像が現れた。

「これは？」

「鬼子母神様にございます」

光円和尚は感じ入ったように、仏像を眺めた。

木彫りの鬼子母神は、天女のような姿で、口元に穏やかな笑みを浮かべ、片手で祈り、もう一方の手で膝の上に赤子を抱えていた。

「心を籠めた一刀彫りです。なかなかの御仏像でございます。拝む人を心安らかな気持ちにさせましょう」

折り畳んだ紙が添えてあった。

向原は震える手で紙を開いた。

秋風の吹き裏返す葛の葉の
　恨みてもなほ恨めしきかな

向原が声に出して歌を詠んだ。

大門が身を乗り出した。

「平 貞文《たいらのさだふみ》の恋歌でござるな。恋の恨み節……」

文史郎は驚いた。

「大門、よくこの歌を存じておったな」

「大門殿は見かけによらぬなあ」

左衛門も目を丸くした。

大門は頭を掻いた。

「それがし、昔通った吉原の馴染みの花魁《おいらん》から、歌の手ほどきを受けましてな。なに、ききかじっただけでござるが」

「なに、おぬし、吉原に通ったことがあるのか」

文史郎は大門に向いた。

「まあ、そんな時代もありましてな。お陰で地位も名誉もすべて失い、すってんてんのいまのそれがしになり申したが」

大門は、照れ隠しに笑いながらいった。

「殿、そんなそれがしの些事《さじ》はともかく、その仏像と文でござる。いったい、何を意味しているのか」

「この筆書きに見覚えは？」

文史郎が向原に囁いた。

「あきらかに殿の文字ではござらぬ。これは、女文字」

文史郎は歌が書かれた文を覗いた。

いわれてみれば、確かに女文字特有の和《やわ》らかな筆の運びに見えた。

向原は和尚に向いて尋ねた。

「これは、どなたの文でござるか？」

「その鬼子母神像をお持ちになられた姫君にございます」

「姫のお名前は？」

「本名は名乗られず、夜叉姫様とのみ申されておられた」

「夜叉姫？」

向原は文史郎と顔を見合わせた。

文史郎が向原に替わって尋ねた。

「この鬼子母神像は、どなたが彫られたのでござろうか？」

「夜叉姫様の御母堂でございます」

「御母堂の御名は？」

「尼僧の忍冬《すいかずら》様にございます」

「忍冬は尼僧だったのござるか」

「はい。夫と死に別れて、尼僧になられたとおききしてました」

向原が訊いた。

「和尚が御存知な方なのでござるか？」

光円和尚は遠くを見る目付きをした。

「さよう。もう十年以上前のことになりましょうか。忍冬様が、都のある高貴な方のご紹介で、当院にお越しになり、御堂に御籠もりになられたのです。半年間、忍冬様は寝食を忘れて、一心不乱に木彫りをなさった。そして、この鬼子母神像を彫り上げたのでございます」

光円和尚はいったん言葉を切った。

「忍冬様は御籠もり開けのあと、その像とともに、いずこへともなく姿を消したのです」

「……」文史郎たちは黙って聞き耳を立てた。

「そして、数日前、夜叉姫様が、その像を持って、ここへ現れ、それで、忍冬様が夜叉姫様の御母堂だと分かったのです」

文史郎は向原と顔を見合わせた。

「その忍冬は、どのような御方でござった？」

「それが、忍冬様は、いつもお顔を隠しておられたので、拙僧もお顔は拝見しておりません。ですが、お綺麗な夜叉姫様の御母堂ですから、さぞ美貌の方だろうと思いますな」

「さようか」

文史郎は腕組をし、考え込んだ。

夜叉姫は、なぜ、母が彫った鬼子母神を、千両の寄進と引き換えに、こちらに渡そうというのだろうか？

それも、平貞文の恋歌まで付けて。

「御家老、その鬼子母神像を阿弥陀如来《あみだにょらい》様の許にお供えし、御祈禱いたしましょう」

光円和尚が静かにいった。

「それは願ってもないこと。ぜひにお願いいたします」

向原は神妙な顔で、木彫りの鬼子母神像を手に持ち、立ち上がった。文史郎たちもあとに続いた。

向原は光円和尚について歩き、法華堂の阿弥陀如来像の前に、木彫りの鬼子母神像を捧げた。

「では」

光円和尚は阿弥陀如来の前に座り、静かに読経を始めた。

向原や文史郎たちは和尚の後ろに並んで正座し、両手を合わせた。

文史郎は、光円和尚の読経をききながら、目を閉じ、瞑想した。

あの黒装束たちは何者だったのだ？

助けてくれた白狐党の二人は、いったい何者なのだ？

文史郎は、白装束姿の女剣士を思い浮かべていた。

天女のように華麗に舞い、二振りの小太刀を振るう。小太刀のきらめきが虹色に輝き、そのたびに黒装束が斬られて倒れていく。

女はいった。

夢刀流秘太刀葛の葉。

夢幻の中に躍る秘太刀だ。

美しい。美し過ぎる剣だ。

いまの自分はあの女の秘太刀に打ち勝つ自信はない。きっと敗ける。

なぜ、そう思うのか？

あの秘太刀は死を恐れる心がなかった。

無心に死だけを求めている。

恐れを抱かぬ殺人剣。なぜに、あの白装束の女は、あのような殺人剣を編み出したのか？

文史郎は溜め息をついた。

いつか、あの女と立ち合わねばならないような予感がする。

文史郎は考え直した。

葛の花と葛の葉。

おそらく、女は葛の花と縁があるに違いない。きっとそうだ。

「殿、終わりましたぞ」

左衛門の囁き声に我に返った。

何時の間にか、読経の声は止《や》んでいた。光円和尚は腰を上げ、向原を伴って僧坊へと引き揚げて行く。

文史郎は、いま一度、阿弥陀如来と鬼子母神に合掌し、ご加護を祈った。

第三話　水戸街道花景色

一

油障子戸の外がだんだんと薄暗くなって来た。

壁越しに物のこわれる音と、隣の清吉《せいきち》お福《ふく》夫婦の激しく言い争う声がきこえた。いつもの夫婦喧嘩だ。赤ん坊の泣き声も加勢して、けたたましくも喧《やかま》しい。

文史郎は、長屋の騒音をききながら、のんびりと寛《くつろ》いだ気分で、どんぶりのお茶を啜った。

お福たちの夫婦喧嘩の声ばかりではない。安兵衛店のあちらこちらから、子供の声やら、おかみさんの明るい笑い声、ぶつぶつと愚痴を洩らす爺さまの声、酔っ払いの濁声《だみごえ》などがきこえてくる。

どこからか犬の吠え声もきこえる。

「ご馳走さまでした」

大門は夕餉を終え、箱膳の空《から》になったどんぶりや皿に向かって合掌した。

「殿、一本、つけましょうか？　下《くだ》り酒を手に入れましたんで」

左衛門が台所から顔を出していった。

「爺さん、なんで、それを早くいってくれないのよ？　酒の肴《さかな》として、少し目刺しを残しておいたのに」

文史郎よりも早く、大門が文句をいった。

「はいはい。大門殿、爺もそのくらいは心得ておりますぞ。隣のお米《よね》さんから、旬の小松菜のおしたしを頂いてあります。それをつまみに一杯というのはいかがかな」

「さすが、爺さんだ。いいですなあ。お願いしますよ。ねえ、殿、いいでしょ？」

「うむ」

文史郎は、ただうなずいた。

「殿、それにしても、昨日は、たいへんな一日でござりましたな」

大門は胡坐をかいて座り込み、頭を掻いた。

「……危うく黒装束の連中に千両箱を奪われるところだったし、あわやというときに、敵だと思っていた白狐党たちに助けられたり」

「うむ」

文史郎も、大門と同じ思いだった。

大門は腕組をし、首を捻った。

「あの黒装束の強盗団は、いったい何者だったのでござろうな？　あの統率された動きは、ただの無頼の盗賊たちとも思えぬし。もしや、公儀隠密たちが嗅ぎ付けた？　いや、そんなはずはない。公儀隠密は、盗賊まがいに藩の公金を強奪するような真似はするまいし」

大門は顔を上げた。

「殿は、いかがに思われますか？」

「気になるのは、黒装束の一味が、昨日朝、我々が密かに蔵屋敷から千両箱を市川の遠寿院鬼子母神に運ぶのを、事前に知っていたことだ」

「なるほど。事前に、そのことを知っていたのは、江戸家老の向原殿と次席家老の室井殿など藩の一部の人間だけですな。では、藩内部の人間ということですかな」

「そうとは限らないが、事前に我らの動きが洩れているのは気味が悪いだろう？」

「確かに」

文史郎は一息ついて続けた。

「しかも、我らをただ参道で待ち伏せするだけならともかく、囮を使って我々の気を逸らし、その間に家老たちを襲い、荷馬ごと千両箱を奪おうと策略をめぐらしていた。これは只者の仕業ではない」

「ということは？」

大門が訝しげに顔をしかめた。

「はい、お待ちどうさま」

左衛門が熱燗のお銚子と、盆に載せた小松菜のおしたしの皿を運んで来た。

「おう、しめしめ」

大門が舌なめずりし、熱い銚子を受け取った。左衛門が湯呑み茶碗を三個用意して盆の上に並べた。

大門が湯呑みを文史郎に渡し、銚子を掲げた。

「殿、まずは一献」

「うむ」

文史郎は湯呑みで酒を受け取った。

大門は左衛門と自分の湯呑みにも酒を注《つ》いだ。

「では」

文史郎は大門と左衛門のそれぞれの湯呑みに酒が入ったのを見て、湯呑みを掲げ、口に運んだ。熱燗の酒を味わいながら、喉を潤した。仄かな木樽の匂いがする。

「いやあ、下り酒は美味《うま》い。ほんとに生き返った思いがする」

大門は一口酒を飲んで頭を振った。

「さよう。同感同感」

左衛門もうなずいた。

油障子戸の外に人の気配がした。人影が障子戸を開けようとしている。

「ごめんくだされ。お殿様は御在宅ですかな」

向原参佐衛門の声がきこえた。

「御家老ではないですか。どうぞお入りくだされ」

左衛門が立ち、上がり框で出迎えた。

「では、失礼いたす」

がらりと障子戸が引き開けられ、のっそりと向原が杖をつきながら、三和土《たたき》に入って来た。幾分か右足を引き摺《ず》っていた。

「……お食事中でしたか」

「いや、いま食事を終え、酒でも頂こうか、としていたところでござる。向原殿も、いっしょにいかがでござる？」

「そう。遠慮せず、上がってくれ」

文史郎も手招きした。

大門が軀を壁際に寄せ、席を空けた。

「さあさ、お上がりください。さあ、どうぞどうぞ」

「では、お言葉に甘えまして」

向原は畳の部屋に上がった。

隣から火がついたように泣く赤ん坊の声がきこえた。夫婦喧嘩はどうやら収まった様子だった。その代わりに、今度は子供たちの笑い声や言い合う声がきこえてくる。

「賑やかですな」

向原は苦笑した。文史郎はうなずいた。

「いつものことなので、慣れるとこれもいいものでしてな。世は泰平だと思うことができる」

「なるほど。考えようですな」

「傷の具合は、いかがかな？」

「こんな傷など擦り傷。大したことはありません」

向原はにっと笑った。

「それはよかった」

「御家老も、まずは一杯、いかがでござる。駆け付け三杯ですぞ」

左衛門が湯呑みを向原に手渡し、銚子の酒をなみなみと注いだ。

「いやあ、一昨夜も、これで失敗し、二日酔いになり、えらい目に遭いましたからな。今日は、ほどほどにさせていただきます」

向原は、そういいながらも、湯呑みの酒をくいくいと喉を鳴らしてあおるように飲んだ。

文史郎は水を向けた。

「それで、今度は、いつ出立することになったのかな?」

向原は酒を飲み干すと、手で口元を拭った。

「急いで参ったのは、そのことでござる。残る二千両、蔵元や札差から借金して、ようやく掻き集めることができました。室井殿とも話をしたのですが、明朝にでも発っていただこうか、とお願いに上がったところです」

「明朝だと？　それはえらく急だな」

「昨日のようなこともあります。一刻も早く筑波の法華堂に届けてほしい、と思ってのことでございます」

　文史郎は湯呑みの酒を干し上げた。

「ところで、尋ねたいことがある。どこからか、我々の動きが洩れておらぬか？　事前に洩れていなければ、昨日のような待ち伏せに遭うことはなかったはず。我々の側から洩れることはない。おぬし側に、誰か曲者《くせもの》たちに内通している者がおるのではないか？」

　向原は顔をしかめた。

「それなのです。それがしも、そうではないか、と心配しておりました。あの黒装束たちは、どうして、私たちを待ち伏せできたのか、不思議でならない、と」

「そうだろうのう。御家老は、あの賊たちは何者だと見ておるのだ？」

「一人でも捕まえて白状させれば分かったのでしょうが、残念ながら、それはできなかった。しかし、まずは襲って来た黒装束たちは、白狐党一味ではないことは分かりましたね」

「うむ。白狐党たち二人が、窮地から我らを救ってくれたのだからな」

「身の代金を横から奪われれば、身の代金を白狐党に払えなくなりましょう。そうなると殿の命はない。そうなってもいい、という輩《やから》たちとなりますな」

「では、筆頭家老の相馬蔵之丞の手の者か？」

「そうではないと思いたいのでござるが」

向原は苦しそうにいった。

「一昨夜、次席家老の室井殿が、酔った勢いかもしれないが、久世殿が拉致された背後には、藩乗っ取りの野心を抱いた相馬蔵之丞がいる、と申しておったが、ほんとうなのか？」

「室井は、そんなことを申してましたか」

向原は頭を振った。

「しかも、相馬の後ろには、隣接する土浦藩がいるとも。相馬は土浦藩の手先だとも」

「…………」

「だから、今回の拉致事件の背後には、土浦藩がいるともいっておったな」

「そんなことまでいってましたか。拙者はきいていなかったですが」

「おぬしは、酔って眠っていた」

「そうですか。道理で。しかし、相談人、いまの話は、なんの根拠もない推測でござろう。酔っ払いの戯言《ざれごと》かと。室井は、酔うと、ほんとにしようがない男ですな」

向原は苦々しくいった。

文史郎は訝った。

「そんなことはないのではないか？　室井殿は酔っていたとはいえ、話は真相を突いていたように思ったが」

「確かに、相馬蔵之丞殿は土浦藩との繫がりがあるという噂はあります。だからといって、相馬殿が土浦藩の手先だという証拠はない。そんなことをいうなら、室井殿にも噂はあるのです」

「どのような？」

「室井殿は、水戸藩の要路と親しく、行き来もしているのです。それで、相馬殿たちは、室井殿の背後には水戸藩が控えている、水戸藩の手先ではないか、と用心している」

向原は、そのいきさつを話し出した。

常陸信太藩は、北の水戸藩と南の土浦藩の狭間《はざま》にあって、長年、両藩からさまざまな圧力を受けていた。

いうまでもなく、水戸藩は徳川御三家の一家で、石高三十五万石だ。

一方の土浦藩は譜代で、石高九万五千石のこれまた大きな藩だ。しかも、藩主の土屋家は、水戸藩の光圀《みつくに》公の子を養子に迎えており、水戸藩の徳川家とは良好な関係にある。

それに対して、常陸信太藩は二万二千石の小藩。しかし、もともと河川の肥沃な扇状地を領地としているため、両藩とも昔から信太藩を吸収したい、という考えを持っていた。

そのため、藩内でも、どうせ吸収されるなら、水戸藩に付きたいという派と、いや土浦藩に付きたいとする派に分かれて対立していた。

「筆頭家老の相馬殿は、代々、親戚もいる土浦藩と仲がいいし、他方、次席家老の室井殿は友人知己が多い水戸藩派だといわれているのです。だが、どちらも、他藩の手先になって、信太藩を売るような真似はしない、と拙者は思っています」

「なるほど。互いに、疑心暗鬼になって、牽制しあっているだけか」

文史郎は大門と顔を見合わせた。

向原はうなずいた。

「ともあれ、明朝、ご出発なされたく、お願いに上がった次第にございます」

「明朝か。どちらに参ればいい？　また蔵屋敷か？」

「いえ。下屋敷へお越し願えれば。奥方様も相談人様たちをお見送りなさりたいと申しております」

常陸信太藩の下屋敷は、神田川の和泉橋《いずみばし》を渡った先の屋敷街にあった。長屋からおよそ半里（約二キロメートル）もない。

「分かった。明朝、何時《なんどき》に下屋敷へ出向けばいいのか？」

「出立は暁七ツ（午前四時）でござる。それまでにお越しいただければ」

「早立ちだのう」

文史郎は溜め息をついた。左衛門がいった。

「早立ちすれば、それだけ早く、明るいうちに宿場に入れますからな」

「そのくらいは分かっておる。爺も余が朝寝坊なのを存じておろう？」

「まったく同感でござる。それがしも朝が苦手。はたして、そんなに早く起きられるかどうか」

大門が頭を振った。左衛門が笑った。

「大丈夫。爺にお任せあれ。殿も大門殿も、やつがれが叩き起こしてあげましょうぞ」

文史郎は大門と顔を見合わせ、溜め息をついた。

「今夜は少々早めに床に就かねばなるまいて」

向原が文史郎に向いた。

「今回は急ぎ旅でござる。御三方には下屋敷に、馬をご用意してあります」

文史郎は眉根を開いた。

「馬か。それは助かる。徒歩よりもだいぶ楽になる。爺もよかったのう」

「それはそれは、助かりますな。馬なら、在所の信太藩まで、飛ばせば二日もかかりますまい」

「いえ。たとえ馬でも、千両箱を積んだ荷馬が二頭おりますので、それほど飛ばせません。在所まで、およそ三日はかかるかと」

「そうだのう。千両箱を背負った荷馬を置き去りにしては進めないものな」

文史郎はうなずいた。

大門が恥ずかしそうに頭を掻いた。

「殿、実は、それがしも馬に乗るのは、やや苦手でござる。拙者、どうも馬と相性が悪いかもしれませぬ。馬は図体も大きいし、目も大きく、気性も荒い。それがしの髯も嫌うらしい」

「ははは。大門、馬は慣れれば可愛いぞ。それに利口だ。人が馬を恐がっていると、すぐに見破り、小馬鹿にする。いうこともきかなくなる」

「それが嫌なのでござる」

「大門殿、乗馬は武士のたしなみと申しますぞ。道中の往還で鍛えたらよろしかろう」

左衛門が冷ややかに笑った。

向原がいった。

「ところで、殿、今回は、江戸家老の拙者は、江戸を離れることができませぬゆえ、ご同行できませぬ」

「うむ。そうか。江戸家老が、江戸を離れるわけにはいくまいな」

左衛門はちらりと文史郎の顔を見た。

いつの間にか向原は文史郎を「殿」と呼んでいた。

文史郎は笑いながら訊いた。

「では、誰が代わりに参るのだ？」

「次席家老の室井傳岳が同行させていただきます」

「そうか。では物頭の海老坂殿は？」

「すでに先に在所に行っております。在所では、筆頭家老の相馬蔵之丞と、城代の織田勇之典が殿捜索の采配を振るっております。物頭は、その指揮下に入り、捜索の陣頭指揮を執ることになりましょう」

「なるほど。で、筆頭家老や城代たちは、殿の身の代金を払うことを了解しておるのだろうな」

「一応、反対はしません。奥方様のご意向でございますし、次席家老や拙者たちが、奥方様の指示で、すでに白狐党一味の要求通りに、鬼子母神の三寺院に三千両を寄進していますので」

「うむ。ならばいいが」

「ただ、相馬殿たちは、残り二千両を法華堂に寄進する機会に、できれば身の代金を支払わず、白狐党を罠にでもかけて、武力討伐しようと企図していると思われます。そうなると殿の命が危なくなりましょう」

「そうだのう。おぬしも見ての通り、白狐党の二人は、滅法強い。並みの腕前では、二人を倒すことはできまい」

「そうでございましょう？　そこで、殿に……いや相談人様にお願いなのは、なによりも、殿を無事にお救いすることを最優先していただきたいのでござる」

「あい分かった。余たちが雇われたのも、身の代金五千両を払ってでも、無事に久世殿をお救いすること。必ずや久世殿を無事にお救いいたすと約束しよう」

「ありがたき幸せ。殿に、いや相談人様にそういっていただくだけで、拙者、安心して奥方様にご報告することができます」

向原は袖で目頭を拭った。

「早速に屋敷に帰り、その旨を奥方様にご報告いたしましょう」

向原は文史郎たちに何度も頭を下げ、そそくさと長屋から出て行った。

「殿、いいのですか、あんな安請け合いをなさって」

左衛門が心配げにいった。

文史郎は頭を振った。

「ちと、いい格好をしてしまったかな」

大門がお銚子の酒を文史郎の湯呑み、ついで自分の湯呑み、最後に左衛門の湯呑みに注いだ。

「殿、あのように窮状をきかされたら、殿のように突っ張って答えるしかありますまい。ま、なんとかなるでしょう。それがしもついています」

「ま、そうだのう。なんとかなるだろう。いまからくよくよ考えても、役に立つまい」

文史郎は湯呑みの酒をぐいっとあおった。

大門も湯呑みを一気に干し上げた。

「殿も大門殿も、お気楽なんだから。爺は知りませんぞ」

左衛門も急いで湯呑みを口に運び、ぐびぐびと喉を鳴らして飲んだ。

三人は、ふうと息を吐いて、顔を見合わせた。

二

武家屋敷街は、まだ暗く、闇に沈んでいた。

常陸信太藩下屋敷の門前だけが篝火《かがりび》の光に照らされ、明るく浮かび上がっていた。

玄関先の庭に、在所に向かう一行が勢揃いしていた。

陣笠を被った次席家老の室井傳岳が、玄関先まで見送りに出た奥方の美香様に腰を折って、出発の挨拶をした。

「奥方様、では行って参ります」

「室井殿、どうぞ殿を無事にお連れして、お戻りになられますよう。お祈りいたしております」

「畏まりました。必ずや殿をお連れして江戸に戻ります。ご安心を」

奥方の美香様は、文史郎に向き直った。

「相談人様、なにとぞ……」

奥方は、それ以上、言葉がいえず、袖で顔を覆った。

傍らで江戸家老の向原参佐衛門が奥方を慰めている。

「奥方様、室井殿も申してましたように、相談人様が必ず無事に殿をお救いするとおっしゃっておられますゆえ……」

奥方は気を取り直し、文史郎に腰を折ってお辞儀をした。

「なにとぞ……お願いいたします」

「では、行って参ります」

文史郎は奥方と向原にお辞儀を返した。

文史郎は左衛門を振り向いた。

「では、爺、馬を引け」

「はッ」

左衛門は、栗毛と芦毛の馬二頭の轡《くつわ》を取っていた。

大門も一頭の黒毛の馬の轡を握り、浮かぬ顔で立っている。黒馬は頭を上下させ、盛んに前の蹄で地面を掻いていた。

「殿、こやつ」

大門は困った顔をしていた。

「よし、余が乗ろう」

文史郎は大門から黒馬の手綱を受け取り、馬を宥《なだ》めてから、ひらりと鞍に跨がった。

黒馬は一瞬躊躇するように軀を動かしたが、すぐにおとなしくなった。

左衛門は栗毛の馬に跨がった。大門はややおとなしそうな芦毛の馬の背に、恐る恐るよじ登った。

「では、開門」

門番が門扉《もんぴ》を開いた。

「出発！」

室井の号令が下った。

一行は陣笠を被った次席家老の室井の騎馬を先頭に、馬蹄の音も高らかに、屋敷から出発した。

室井のあとを二騎の騎馬侍が行く。続いて護衛の徒侍たち四人。そのあとに馬丁に轡を取られた二頭の荷馬が続く。荷馬には、それぞれ、菰を被せられた千両箱が載せられている。

荷馬のあとに、また護衛の徒侍たち四人が付き、さらに荷物を振り分けにして背に積んだ荷馬二頭が馬丁に引かれて行く。

一行の殿《しんがり》に、文史郎たち騎乗の三頭が堂々と歩んで行く。

門前まで、奥方や向原、奥女中や供侍、中間小者たちが見送りに出て来て手を振った。

江戸の町は暗闇に覆われていた。

総勢十八人と十頭の馬の一隊は、まだ明けやらぬ江戸の町を馬蹄の音も高く歩み出した。

三

日光街道《にっこうかいどう》を北に進み、大川に架かる大橋を越え、千住宿《せんじゅ》に差しかかったときに、白々と夜が明けた。

千住宿で文史郎たち一行は、日光街道から分岐した水戸街道に入った。

水戸街道は、東海道、中仙道など五街道に準ずる脇街道だ。江戸と徳川水戸藩を結ぶ水戸街道は交通の要衝で名高い土浦を通るので、土浦街道とも呼ばれている。

文史郎はのんびりと馬の背に揺られながら、初めて見る水戸街道の田園風景を眺めた。

那須川藩に帰るときは、いつも本街道の奥州《おうしゆう》街道だったので、水戸街道を通ることはなく、いずれの風景も目新しかった。

田圃《たんぼ》にはまだ水が張っていない。

百姓たちは、馬に鋤《すき》を引かせて、土起こしをしている。土を返せば、田圃に水を引き、苗床《なえどこ》が作られる。

これから、一年で一番忙しい田植えの農繁期が始まる。

遠くに筑波山が望めた。常陸信太藩は、あの筑波山の山麓にある。

「どうどうどう」

大門はだいぶ芦毛馬の扱いに慣れて来た様子だった。

左衛門が大門に付きっきりで、あれこれ口喧《やかま》しく馬の乗り方を指導していた。その効果が上がっている。

それにしても、髯の大男が可愛い馬を扱いかねて、おろおろしているところが、なんとも微笑ましい。

その日、一行は順調に進み、予定通りに我孫子《あびこ》宿本陣に到着した。千両箱二個を護送する旅なので、普通の宿に泊まるわけにはいかない。本陣宿には頑丈な蔵があり、二千両を一晩仮置きすることができるのだ。

玄関前には、大番頭、小番頭をはじめ、女将や手代、女中たちが一行を出迎えていた。

「いらっしゃいませ」

「ようこそ、御出でいただきました」

次席家老の室井傳岳たちは、大番頭や女将たちの歓迎を受け、そのまま、本陣の蔵まで案内されて行った。

文史郎たちは、それぞれに馬から下りると、馬たちを馬丁に任せた。

馬たちは馬丁たちに轡を取られて、裏手の厩《うまや》へ牽かれていく。

文史郎は大門にいった。

「どうだった、大門、おぬしの芦毛の牝馬《めす》、おとなしい馬だったろう」

「なに、殿、あれで牝馬でござったか」

大門は振り向き、馬丁に牽かれて行く芦毛の馬の尻を眺め、痛そうに股間をさすった。

「そうだ。牝馬の十歳は、人間でいえば二十代後半の年増女《としま》だ」

「さようでござるか。年増女に跨がってというのも、悪くないですな。それにしても、馬の背は広い。大股開きで乗らねばならず、股関節が痛くてたまりません」

左衛門が脇から口を挟んだ。

「大門殿、ただ、でんと馬の鞍に跨がっていてはだめでござる。鐙《あぶみ》にしっかりと足を乗せ、馬の動きに合わせて、軽く尻を浮かさねば。そうすれば楽に乗れるのでござる」

「そうでござるか」

「明日は並み足だけでなく、少々馬を走らせましょうぞ」

大門は溜め息をつき、顔をしかめた。

「今度は走らせるのでござるか」

「そうすれば、嫌でも尻を上下させる動きになりましょう」

「馬の道中は、徒歩より楽かと思ったら、とんでもありませんな。振り落とされまいとしているだけで精一杯で、疲れる疲れる。参りましたな」

大門は頭を掻いた。

女将や女中が愛想笑いを浮かべながら、文史郎たちを出迎えた。

「さぞ、お疲れのことでしょう」

下女たちが洗い桶を手に現れ、式台に腰をおろした文史郎たちの足を洗う。

「女将、世話になる。ところで、風呂で汗を流したいのだが」

「はいはい。お風呂のご用意はしてありますよ。まずは汗をお流しください」

年増の女将はにこやかに文史郎たちにいった。

次席家老の室井が供侍たちを連れ、玄関先に戻って来た。

「御家老様、いいお部屋をご用意してございます。どうぞ、ごゆっくりとお寛ぎくださいませ」

女将が愛想よく迎えた。室井は女将に文史郎を手で差しながら
「女将、こちらの方が、お殿様だ。くれぐれも失礼のないように」

女将は文史郎を見、うなずいた。

「さようでございますか。分かりました。では、お殿様、お部屋にご案内いたします」

女将は番頭に声をかけた。

「番頭さん、急いで奥の間《ま》の一番いいお部屋をご用意して」

「へい。ただいま」

番頭は女中たちと小走りに廊下の奥に消えた。

「女将、ちょっと待て。それがし、殿ではない。並みの部屋にしてくれ」

「まあ、ご冗談をおっしゃられて。さっきからお姿を拝見して、普通の供侍様ではないと思いました。御家老様よりも堂々となさっていて、お殿様の風格もおありになる」

女将は笑いながら頭を振った。

左衛門がうなずいた。

「女将、ほんとうだ。こちらの殿は、いまは隠居をなさり、殿ではない」

文史郎もうなずいた。

「そう。いまは若隠居の身だ」

「まあ、ほんとにお殿様ではないとおっしゃるのですか？」

女将は戸惑った顔になり、次席家老の室井の顔を見た。室井はうなずいた。

「嘘ではない。我が藩の殿ではないが、ほんとうにお殿様だ」

大門が笑いながら女将にいった。

「わしらは、ここ本陣で蔵に入った二千両を護るのが役目。何かあったら、すぐに蔵へ駆け付けることができる部屋にしてくれ」

「女将、ほんとうにそうでござる」

左衛門も付け加えた。

女将は怪訝な顔だったが、うなずいた。

「分かりました。少々お待ちを。番頭さん、ちょっと」

女将は大番頭を呼んで話をした。大番頭は女将に頭を下げた。

女将が振り向いていった。

「では、番頭さんがご案内いたします」

「どうぞ、こちらへ」

番頭は腰を屈め、文史郎たちに挨拶した。

文史郎たちは、番頭のあとについて、廊下を歩いた。

通されたのは、庭が見える広い座敷だった。

掃き出し窓から、右手の生け垣越しに、蔵の白壁や瓦屋根が見えた。

「うむ。ここでよかろう」

文史郎は番頭にうなずいた。

番頭は文史郎たちににこやかな顔でいった。

「まずは、お風呂にお入りになり、汗をお流しくださいませ」

四

白い羽衣が宙に舞った。

女体がふっと回転し、小太刀の白刃が文史郎を襲った。

上段から振り下ろされた白刃が一閃する。続いて間髪《かんはつ》を入れず、下段からも白刃が切り上げる。

文史郎は跳び退いて逃れるのがやっとだ。

飛び退いて着地したところに、またも女体が追いかけて来る。

文史郎は必死に逃れようとした。足がもつれて動かない。

白い羽衣を纏った女が目の前に立った。

両手に小太刀を構えた女は、白い狐の面を被っていた。

文史郎は女を見て、思わず息を呑んだ。

女は裸身。白い羽衣を透かして、円《まろ》やかな乳房の裸身が見えた。

裸の女体がゆっくりと文史郎に迫った。

文史郎は逃れようとしたが、金縛りにあったように軀が動かない。

女体が両手を広げ、文史郎に覆い被さって来た。
はっとして目を覚ました。
布団を撥ね除け、起き上がった。
文史郎は暗闇の中にいた。
自分がいまどこにいるのか分からなかった。
匂い？
微かに芳しい花の薫りがする。
何の花の薫りだ？
部屋の隅に、かすかな人の気配がした。
誰か潜んでいる。
隣の部屋から大門の豪快な鼾《いびき》がきこえた。
左衛門の寝言もきこえる。
枕元の刀を探った。
ない。
人の気配は、じっとして動かない。
文史郎は闇に目が馴れるまで目を凝らして待った。

いる。確かにいる。

黒い人影が朧《おぼろ》に浮かんでくる。

目が暗がりに馴れてきた。

掃き出し窓の外は、かすかに星明かりに照らされている。

いつの間にか、障子戸が開いていた。人ひとりが通れる隙間だ。

黒い影が、その隙間に向かってじりじりと移動しはじめた。

「おのれ、曲者！」

文史郎は叫び、箱枕を影に投げ付けた。

影の軀が動き、箱枕が叩き落とされた。

文史郎は床の間に四つん這いで突進し、刀架けを探った。

大小の手応えがあった。刀を鷲摑みにし、障子戸の隙間から逃げようとする影に怒鳴った。

「何者！」

隙間から出かかった影が振り向いた。

白狐の面。

がらりと襖が開いた。

「殿、なにごとです」

顔を出した左衛門が叫んだ。大門も叫ぶ。

「曲者！　出合え出合え」

白狐は、素早く庭に消えた。

左衛門と文史郎が障子戸をするりと開け、庭を見た。大門ものっそりと出て来た。

黒い影は星明かりの下、跳び石を跳んで池を越え、築山《つきやま》を登ると、身軽に築地塀《ついじべい》によじ登った。そこで、ちらりと文史郎たちを振り向くと、塀の向こうに姿を消した。

「出合え、出合え。曲者はどこだ！」

廊下をどっと走って供侍たちが文史郎たちの座敷に駆け付けた。

何本もの龕灯《がんどう》提灯《ぢょうちん》の明かりが座敷に入って来た。

「相談人、曲者は？」

次席家老の室井の声が問うた。

左衛門が返事をした。

「殿がお気付きになり、即刻逃げました」

文史郎は蔵の様子を窺った。

「それよりも、蔵の二千両は大丈夫か？」

「いまの騒ぎで、すぐに家臣が駆け付けました。大丈夫でござろう」

本陣の番頭が行灯《あんどん》に火を入れた。座敷がほんのりと明るくなった。

庭先から声が上がった。

「御家老、蔵は無事でござる。何も異状なしでござる」

「ご苦労。引き続き、用心せよ」

室井は大声で命じ、文史郎にうなずいた。

「大丈夫でした。念のため、蔵には不寝番を二人を付けてありましたから、賊も蔵には近付けなかったのでござろう」

「それは安心」

文史郎は座敷に戻った。

室井は座敷を見回した。

「何か、盗まれたものはござらぬか？」

文史郎は左衛門と大門といっしょに部屋を見回した。

部屋には、身の周りの物しか置いてない。それらはすべて揃っている。

「何も盗まれたものはなさそうだな」

「そのようですな」

左衛門は頭を振った。

「何者だったのでござろう？」

「賊は白狐の面を被っていた。おそらく白狐党ではないか？」

「しかし、殿、白狐党なら、黙っていても、我らが二千両を彼らの許に届けることになっていますぞ。なのに、なぜ忍び込んで参ったのでござろうか？」

大門が首を傾げた。

文史郎は顎を撫でた。

「我らの様子を見に参っただけではあるまい」

「そうでござる。万が一にも捕まるかもしれないのに、忍んできたのですからな。何か目的があってのことかと」

左衛門も大門も小首を傾げた。

室井がうなずいた。

「ともあれ、相談人様たちがご無事でなにより。朝の出立も早うございます。これからでも、一寝入りなさっては。それがしたちも引き揚げますゆえ」

「うむ。そうしようか」

「では、相談人様たち、御免」

室井は供侍たちに顎をしゃくった。

供侍たちは、室井とともに引き揚げて行った。

「わしらも、一眠りしましょう。でないと、明日の移動が辛くなりましょう」

左衛門は大門とともに、欠伸《あくび》をしながら、隣の部屋に戻って行った。

文史郎は行灯の灯を吹き消した。再び夜陰が座敷を覆った。布団に横たわり、掻巻《かいまき》を被った。

すぐには寝付かれなかった。ふと匂いが鼻孔を刺激した。掻巻に残り香が着いている。

あの夢は、正夢だったのか?

あの白狐の女は深く寝入っているのを幸いに、間近まで寄って来たというのか?

寝首を掻くために?

いや、違う。それがしの顔を覗きに来た?

なぜ?

どういうことだ?

文史郎は、夢の女の裸身が目の奥にちらつき、悶々として寝付けなかった。

五

文史郎たち一行が我孫子宿本陣を出立したのは、夜が明ける前のことだった。まだ暗い朝靄の中を一行は鬼怒川《きぬがわ》に向かった。今日中に次の宿場である土浦に着いておきたい。

およそ八里（約三二キロメートル）。

寝不足もあって、文史郎は馬の背に揺られながら、襲ってくる睡魔と闘っていた。

一行は最大の難関、鬼怒川の畔に出た。

川辺には、びっしりと葦が生えている。風が吹くたびに葦は葉を裏返してなびき、風紋を作って広がっていく。

遠くに筑波山が霞んで見えた。

河幅が広い川に船影があった。

荷物を満載した帆掛け船が、帆一杯に風を受けて上流へ遡っていく。上流からも、米俵を積んだ船が流れに乗って下ってくる。

梅雨の季節や台風が来襲しているときには、鬼怒川はしばしば濁流が荒れ狂い、文字通り鬼が怒ったごとくになる。

古来、何度も鬼怒川は氾濫し、堤防を破って大暴れするので、坂東太郎《ばんどうたろう》と呼ばれて、恐れられた。

そんなときの鬼怒川はとても渡れる状態ではない。旅人は川が静まるまで、近くの宿場に何日も足止めになる。

幸い、このところ晴れ続きで、上流域にも雨は降らなかったらしく、鬼怒川は絹のような滑らかな流れだった。

鬼怒川河畔の小さな宿場から渡し船で対岸に渡った。一頭ずつ、馬と人を船に載せて渡るので、全部渡り終わるまで、かなりの時間がかかる。

対岸に渡ってから、街道は右手に曲がり、取手《とりで》の宿場に到着する。そこで一休みしたあと、両側に松並木が植わる水戸街道を、ひたすら次の宿場の土浦宿へと急いだ。

牛久沼《うしくぬま》の畔を抜けると、低い丘陵は終わり、また広大な原野や田圃の風景になる。

北の方角にくっきりと筑波山の輪郭が浮かび上がって来た。

先刻よりも、さらに大きく近付いて見える。

文史郎は、あの山の麓に何が待っているのか、と思うと胸が騒いだ。

見える。

桜川《さくらがわ》を越えると、街道沿いに土浦藩の亀城《かめじょう》の城郭と、その東側に城下町の町並が見える。

街道は城下町に入ると、敵の軍勢が攻めてきても、城には直進できないように、何度も矩形《くけい》に折れ曲がって迂回している。

一行が、その町の中の本陣大塚《おおつか》家に到着したのは、夕刻近くだった。

先に到着していた供侍が、慌ただしく家老の室井の馬に駆け寄り、何ごとかを話していた。

室井は馬から下りると、その供侍とともに、大塚家に入って行ったまま、すぐには出て来ない。

本陣の玄関先には、出迎えの番頭や女中たちの姿もなかった。

着いたばかりの一行の供侍たちも、浮かぬ顔で鳩首《きゅうしゅ》するばかりで、本陣に入ろうとしない。

文史郎たちはともかくも馬を下り、馬を休めた。左衛門がいった。

「殿、本陣に何かあったようですな」

「ううむ」

「殿、腹が減りましたな。わしらも早く部屋に上がって、飯が食いたいもので」

大門の腹の虫がくうっと鳴いた。

家老の室井が供侍を連れて、慌ただしく出て来て、文史郎に駆け寄った。

「相談人殿、困ったことになり申した。今夜、本陣には泊まれないというのでござる」

「なにゆえに?」

「すでに参勤交代で江戸へ行く大名一行が泊まることになっておるのでござる」

「なんと。あらかじめ、今夜の宿を申し込んでいたのではなかったのか?」

「それが、なにしろ、内密に大金を運ぶ旅ゆえに、直前まで本陣に宿の手配をしていなかったのでござった」

「それは弱ったな。二千両箱を抱えて、野宿するわけにもいかぬしのう」

左衛門が室井に訊いた。

「御家老、その大名は、もう投宿なさっておられるのか?」

「いや、まだとのこと。到着が遅れているらしい」

室井はおろおろして答えた。

「本陣は一軒だけでござるか?」

「いえ、もう一軒の本陣山口《やまぐち》家がありますが、我が信太藩は使ったことがない。定宿は、こちらでござった」

「その山口家は？」

「供の者に問い合せたところ、山口家は、土浦藩が貸切で使うので、本日休業になっているとのことでござる」

「妙な話だな」

文史郎は左衛門や大門と顔を見合わせた。

「室井殿、我らが久世殿の身の代金を護送しているのを知って、土浦藩は妨害しようというのではないか？」

室井は周囲を気にするように見回した。

「……誰がそのようなことを？」

「おぬしがいっていたではないか？」

「え、拙者がそのようなことを申してましたか？」

「うむ」

「いつのことでござるか？」

「蔵屋敷で酒を飲みながら、しかときましたぞ」

「……酔っていたので、よう覚えておりません」

室井は頭を掻いた。左衛門が小さな声でいった。

「筆頭家老の相馬蔵之丞殿は、ここの土浦藩と通じているともおっしゃっておりましたぞ。それも覚えておらぬ、というのでござるか？」

「いやあ、ほんとうですか。そんなことを酔った勢いで申してましたか」

「みんな嘘だったのでござるか？」

「いや、そのう……」

室井はいま一度あたりに気を配った。供侍の者にもきこえぬような小声でいった。

「ほんとのことでござる。……そのことは、また後程に」

「御家老！」

本陣の玄関から供侍の一人が大声を上げながら駆け付けた。

室井は供侍を振り向いた。

「いかがであった？」

駆け付けた供侍は室井にいった。

「引き受けてくれました」

「そうであったか。まずは、よかった」

供侍は室井に報告した。

左衛門が訊いた。

「御家老、泊まれることになったのですかな？」

「いえ。なんとか二千両だけでも、一晩蔵に預かってくれぬか、と主人にお願いしたのでござる」

室井はほっと安堵の顔をし、文史郎に向いた。

「そうしたら、主人は一晩なら二千両を蔵で預かりましょう、だが、万が一、土蔵破りに襲われたら困るので、蔵に警護の者をつけてほしいということでござった」

「そうか。それはよかった」

文史郎もほっとした。

そうでなかったら、大金二千両を持って、どこかに野宿するか、夜を徹して、信太藩まで水戸街道を歩くしかなかったところだった。

室井は文史郎たちにいった。

「我々は片時も、二千両から離れることはできませぬので、蔵の中に籠もり、徹夜で警備いたすつもりでござるが、相談人の皆さんは、たいへん申し訳ござらぬが、近くの旅籠にお泊り願えぬだろうか？」

文史郎はいった。

「それがしたちも、いっしょに蔵に籠もってもいい。のう、爺、大門、そうであろう?」

「もちろんでござる」と左衛門。

「それが我々の務めでござる」

大門もうなずいた。

室井は笑いながらいった。

「いや、相談人の皆さんに、そこまでさせては申し訳ありませぬ。どうか、殿は旅籠に泊まって骨休めしてくだされ。相談人の皆様には、主君の救出のために、これから、いろいろとお働き願わねばなりません。どうか、今夜だけはお休みになり、ここは拙者たちに任せていただきたい。お願いでござる、これこの通り」

室井は文史郎に頭を下げた。

左衛門が文史郎にいった。

「殿、せっかく室井殿が、そういってくださるのですから、今夜はお言葉に甘えて近くに宿を取りましょう」

「そうでござるな。誰か二千両を狙うとしても、大名行列の一行が宿泊しているなか、まさか本陣の蔵に押し入るような愚か者はおりますまいて」

大門も腰を擦りながらいった。

「そうだのう。では、そうさせてもらおうか」

文史郎はうなずいた。

大門が街道の先を指差した。

「どうやら、ようやく大名行列が到着したようですぞ」

街道の辻の角から、先頭の露払いや槍持ちたちが現れ、ついで徒侍たちを引き連れた騎馬の侍が現れた。

その後ろから、徒侍たちとともに、陸尺《ろくしゃく》が担いだ権門駕籠《けんもんかご》が続いて来るのが見えた。

六

文史郎たちは、本陣宿大塚家から、ほんの一町と離れていない旅籠『坂東屋《ばんどうや》』の前で、たちまち呼び込みの女たちに捉まった。

「あんれ、男前のさむれえさんばっかじゃねえの。さあさ、うちに来てくんろ」

「うちの旅籠さ、土浦一番だっぺさ。うちらのような別嬪《べっぴん》の娘っ子ばっかだかんな。

さ、うちさ行くべ行くべ」

文史郎は相撲取りのような太った女に腕をからみ取られ、『坂東屋』に連行される。

「あ、殿」

「殿をどこへ連れて行く？」

左衛門と大門が慌てて文史郎の軽衫《かるさん》を摑もうとした。

「あれ、やんだ。殿様だって。この男前のさむれえが殿様なら、髯のおさむれえも、爺さまも、お殿さんの御家来衆だべ。じゃあ、お殿さんにお供して行かなくっちゃ。さ、うちさ行くべ行くべ」

呼び込みの女たちは、大門と左衛門を取り囲んだ。

「ちょっと待った。待てというに」

大門と左衛門はたちまち女たちに押されて、文史郎のあとから『坂東屋』に連れ込まれた。

「はーい、三人様、お泊りい」

「いらっしゃいませ」

「ようこそいらっしゃいました」

女将や番頭たちが文史郎たちを出迎えた。

女たちは三人を上がり框に座らせた。

下女が洗い桶を運んで来て、さっさと文史郎たちの草鞋《わらじ》を脱がせ、足を洗い出す。

一丁上がり、とばかりに呼び込みの女たちは、次の獲物を求めて外へ飛び出して行った。

左衛門が苦笑いしながらいった。

「殿、どうします？」

「ま、ここでいいだろう。ほかの旅籠も似たり寄ったりだろう」

「そうですよ。殿、ここは女子が多そうだから、楽しいではござらぬか」

大門が髯面を綻《ほころ》ばせた。

迎えに出た年増女の女将がにこにこしながらいった。

「そうでございますよ。ここは町一番の綺麗所《きれいどころ》を揃えた御宿でございますからね。どうぞ、ごゆるりとお過ごしくださいませ」

「なに、綺麗所を揃えておるだと」

左衛門が目を剝いた。文史郎は笑った。

「爺、そう堅いことはいうな。旅先だ。たまにこんなことがあってもいい」

「殿、そうです。たまに息抜きしなければなあ」

「大門殿までそのようなことをいう」

左衛門は苦々しくいった。

女将は笑顔で奥に声をかけた。

「さあさ、おさむらいさまたちを二階のお部屋にご案内して」

「はーい」

「はーい。ただいま」

女たちの黄色い声が返り、揃いの着物を着た女中たちが現れ、文史郎たちを迎えに来た。

「おう、可愛い女子たちだのう」

文史郎は目を細めた。大門もにやけている。

「まるで遊廓でござるな」

左衛門は憮然としていた。

「さあさ、おさむらいさまたち、こちらでございますよ」

「参りましょう」

女中たちは文史郎と大門の手を引き、二階へ案内して行く。

左衛門は寄って来た女中の手を振り払い、文史郎や大門のあとに続いた。

「ま、いけずな爺さま」

振られた女中は左衛門を睨んだ。

あたりがすっかり暗くなり、宿の部屋に行灯が灯された。

風呂から上がった文史郎たちは、浴衣姿になり、二階の奥まったところにある、自分たちの部屋に戻った。

別の部屋から、酔った男の濁声や女の嬌声がきこえる。

部屋には、いつ来たのか、次席家老の室井が浮かぬ顔で待っていた。室井は文史郎を見ると、居住まいを正し、一礼した。

「おう、御家老、来ておったのか」

「お待ちしておりました」

左衛門が尋ねた。

「いかがなされた？　何かまずいことでも起こりましたかな？」

「いや、万事順調でござる。二千両は無事、蔵の中に納めることができました。いま供の者たちが蔵の内外で見張っております。本陣に入られた泉《いずみ》藩主本多《ほんだ》様は、私どもを気の毒に思っていただいて、蔵の警護に協力してくれています」

「それはいい。では、わしらは安心して、この宿にいてもいいのだな」

「はい。仰せの通りにござる。ところで……」

室井は、部屋の周辺に、立ち聞きしている者はいないかと確かめた。

「女将に、しばらく人払いするように頼んでありますので、大丈夫でござるが、昼間、お話しできなかったことの続きを、お話ししておこうと思いましてな」

「なんのことかな？」

「筆頭家老の相馬蔵之丞殿と、それに城代の織田勇之典殿についてのことでござる。これからのことを考えますに、あの二人にはご用心くださるよう、先に事情をお話ししておいた方がいい、と思いましてな」

室井は神妙な顔でいった。

「先に相馬蔵之丞殿が土浦藩の手先である、と申し上げたことには、証拠こそないのでござるが、さる事情がござってのこと」

「…………？」

「実は、拙者の手の者が、相馬殿が密かに料亭で土浦藩の要路と会い、何ごとかを相談しているのを目撃しておるのです。ときに城代の織田勇之典までも加わっていた」

「相手の要路とは？」

「はい。土浦藩の家老で、相馬蔵之丞殿の遠い親戚筋にあたる者でござった」

「何を密談していたのか、それは、分からぬのか?」

「はい。残念ながら密談の中身は分かりません」

家老は頭を左右に振った。

文史郎は問うた。

「おぬし、先日、酔ったとき、筆頭家老は自分の娘を久世達匡殿の側室にし、孫の千代丸を達匡殿の跡取りにして、その後見人となって信太藩乗っ取りを目論んでいると も申しておったが」

「拙者、そんなことまでも、申しておりましたか?」

室井は顔をしかめた。大門がつけ加えるようにいった。

「我らが運んでいる二千両も、彼らはどこかで横取りを企んでいるとも、申しておったぞ」

室井は溜め息し、大きくうなずいた。

「正直申し上げて、拙者だけでなく、江戸家老の向原も、同じ考えでござる」

「仮にも相馬は筆頭家老だろう? なぜ、その相馬をそう思うのだ?」

「相馬蔵之丞は、昔から何かと策謀をめぐらす策士でござった。己の野心のためなら、自分の娘さえ使う男でござるからな。身の代金五千両を出すにあたっても、相馬は猛反対しておった。白狐党なんぞに、そんな大金を払うことはない、と」

「ほほう」

「その相馬が、ある日、突然豹変し、支払いに賛成したのです。しかも、相馬が殿の身の代金五千両を預かり、白狐党との交渉に乗り出す。五千両は殿の身柄と引き替えに支払おう、と言い出したのでござった」

「怪しいな。どういう心変わりだ？」

「そうでござろう？　当初から、身の代金を払ってでも殿をなんとか救けたいという奥方様の御意向で、拙者と向原が江戸の蔵元や札差を駆けずり回って頭を下げ、なんとか掻き集めた五千両でござる。相馬は筆頭家老なのに、あくまで武力救出を主張し、身の代金集めには知らぬ顔をしていたが、いざ我らが五千両を集めたと知るや変心したのでござる」

「うむ」

「向原と話し合い、奥方様のご意向として、あくまで身の代金は、次席家老の拙者と江戸家老の向原が責任を持って、白狐党に届けることとし、相馬には渡さないことにしようと。それと知った相馬は、表向きは我らの動きを承認したが、どこかで身の代金を横取りしようと考えているのだろう。用心するにしくはない、と拙者と向原とで話していたのでござる」

「なんだ、相馬が身の代金を狙っているという話は、おぬしたちの推測だったのか」

大門が呆れた顔でいった。

室井はむきになった。

「相馬は、そんなこともしかねない男なのでござる。しかも、今回の殿の誘拐事件には、相馬が絡んでいる、もう一つ裏の話があるのでござる」

文史郎は訝った。

「裏の話がある、と申すのか？」

「さようでござる」

室井は大きくうなずいた。

「殿が若いころ、遊廓通いをはじめ、葛の花に入れ揚げたという話は御存知でござろうな」

「うむ。向原殿からきいた」

「そのころ、殿を諫め、葛の花と別れさせようとしたのが、当時、次席家老だった相馬と、物頭の織田勇之典でござった。もちろん、奥方の美香様の御意向でもあったのでござるが、いまにして思えば、相馬は葛の花と別れさせたあと、自分の娘を殿のお側に入れようという魂胆だったのでござろう」

「なるほど」

「拙者は、当時、まだ中老で相馬の下にいたのですが、そんな魂胆だったとは見破れなかった」

「そういうことだったのか」

「問題は、相馬と織田が、殿と葛の花の二人を、どうやって別れさせようとしたのか、でござる。相馬は連日のように廓金貴楼に乗り込み、あろうことか、あの手この手で葛の花を籠絡《ろうらく》させようとしたのでござる」

「籠絡のう。ということは、相馬は葛の花を寝取ろうとしたわけだな」

文史郎は顎をしゃくった。左衛門がじろりと文史郎を睨んだ。

「さよう。だが、遊女ではあったが、葛の花は殿に操《みさお》を立てて、いくら金を積まれても首を縦に振らなかったのでござる」

「ほほう。葛の花にも、誠《まこと》と意地があったということだな」

左衛門が首を左右に振った。

「殿、傾城《けいせい》に誠なし、と申しますぞ。すぐに信じてはいけませせぬ」

「爺、分かっておる。余も、それで何度も懲りておる」

　文史郎は苦笑いした。

「相馬は、葛の花に袖にされたとなったら、物頭の織田に命じ、葛の花や金貴楼に陰に陽に嫌がらせや脅しをかけさせたのです」

「どのような？」

「葛の花の妹女郎を拉致したり、暴力沙汰を起こしたり、金貴楼の楼主に金品を要求したり。さすがに、見かねた拙者が、織田を呼んで、やめるように説教したこともありました」

「織田はおぬしの説教をきいたかね？」

「いや、己は筆頭家老の千場《せんば》様や相馬様の指示でやっているのだから、文句があるなら、千場様や相馬様にいうがいいと嘯《うそぶ》かれました」

「千場とは」

「いまは亡くなられましたが、当時の筆頭家老は長老の千場原之介《はらのすけ》様でござった。相馬は千場殿にうまく取り入って、次席家老になっていたのでござった」

「ふうむ」

「そうこうしている最中に金貴楼から出火し、全焼する騒ぎになったのでござる。焼け跡から、大勢の遊女の焼死体が発見され、その中に葛の花と見られる遺体も見つかったのでござる」

「…………」

「殿は葛の花の遺体を見て、悄然となさっておりましたが、これで一件落着した、と我らは安堵していたのでござる」

「なるほど」

「それから、しばらくして金貴楼の火事は失火ではなく、誰かの放火だったのではないか、という噂が広まったのでござる」

「もしかして、放火させたのは相馬と織田だったのではないか、というのか？」

文史郎は訝った。室井傳岳はにんまりと笑った。

「仰せの通りでござった。というのは、その火事のあと、間もなく筆頭家老の千場様が引退するにあたり、相馬を筆頭家老に引き上げたのでござった。相馬は筆頭家老になると、物頭の織田を城代に昇進させたのでござる。そのため、巷《ちまた》には、まるで火事場泥棒のような人事だ、という噂が流れたのでござった」

「で、真相は？」

「もちろん、当人たちが認めるはずもなく、一笑に付され、真相は闇の中でござった」

「そこに、今回の出来事が起こったというわけだな」

「死んだはずの葛の花から、手紙が届いたとなったら、殿はさぞさぞ驚かれたことでしょう。それにもまして、相馬と織田も仰天したに違いありません。もし、何もやましいことがなかったら、戦々兢々《せんせんきょうきょう》とならず、泰然自若《たいぜんじじゃく》としておれたはず」

「なるほど。それで相馬も織田も、白狐党一味に久世殿が拉致誘拐されたと知り、背後に死んだはずの葛の花のことが絡んでいるらしい、となって、一気に武力で白狐党一味を成敗しようと息巻いているというわけか」

　文史郎は左衛門や大門と顔を見合わせた。

「これが、裏の話にござった」

　室井はほっとした顔でいった。

「ということで、筆頭家老と城代には、くれぐれもご用心あそばされるようお願いいたします」

「明日は、朝はどうぞごゆるりとなさってくだされ。ここから我が信太藩の城下町まで、五里もありませぬ。出立は辰《たつ》の刻（午前八時）ごろとさせていただきます。では、御免」

室井は話を終えると、そそくさと引き揚げて行った。

室井が帰るのを待っていたかのように、階段が騒がしくなり、女将を先頭に膳を掲げ持った仲居たちが現れ、どっと座敷になだれ込んだ。

たちまちに文史郎たちの部屋は賑やかな宴席に変わった。

文史郎は少々面食らったが、女将の話で納得した。

すべては室井が気を利かせて、女将に文史郎たちをおもてなしするよう頼んであったのだった。

渋い顔をしていた左衛門も、さすがに酒が入ると顔も綻び、大門といっしょになって、仲居たちを相手に馬鹿話に花を咲かせていた。

文史郎は、女将相手に、注《さ》される酒を飲むだけ飲んだが、あまり酔いが回らなかった。

脳裏に、見たことも会ったこともない葛の花の面影がちらついて、正気を失わなかったからかもしれない。

もし、葛の花が生きていたのなら、一度会ってみたい。

そんな思いに捉われ、酔えなかったのかもしれない、と文史郎は思った。

七

翌朝、辰の刻、次席家老の室井たちが、文史郎たちの宿『坂東屋』に迎えに来た。

文史郎たちは、今日も二日酔いの頭を抱えながら、馬の背によじ登って出立した。

宿の女将や番頭、仲居たちが総出で見送りに立ち、文史郎たちに手を振った。

「またのお越しを」

「お帰りに立ち寄ってくださいね」

「待ってっぺ」

左衛門も大門も照れ臭そうに挨拶を返していた。

文史郎たち一行は、一路、水戸街道を北上した。右手には、広々とした霞ヶ浦《かすみがうら》が広がっている。

土浦の湊《みなと》の桟橋には、何艘もの帆掛け船が帆を下ろし、並んで停泊している。桟橋と船の間を、大勢の人夫が行き来して、荷の積み降ろしをしていた。

霞ヶ浦の岸辺には、青々とした葦が生い茂り、風に吹かれていた。

文史郎は馬の背に揺られて、海のように広い湖を眺めた。

街道はいったん浦から離れて、内陸の丘陵地帯に入った。左手には筑波山の頂がそびえたっている。

山麓は鬱蒼《うっそう》とした緑の樹林に覆われて、山頂だけが禿げ山のように見える。

およそ二里ほど進むと、雑木林の中を通る緩い上り坂になった。

「間もなく国境《くにざかい》でござるぞ」

先頭の室井が馬上で振り向き、文史郎に声をかけた。

大門も左衛門も、ようやく酔いが抜けたらしく、何ごとかを話し合っていた。昨日の仲居たちとのやりとりのようだった。左衛門も結構さばけているではないか、と文史郎は苦笑した。

やがて国境の峠に至り、室井は手を上げ、一行の足を止めた。

「休みにしよう」

その声に徒侍たちは、歩みを止め、道端の草地に座り込んだ。

小休止だ。馬たちを休め、人もしばし煙草を一服する。

文史郎も下馬して、馬の手綱を道端のくぬぎの枝に括りつけた。馬は下草を食《は》みはじめた。

文史郎は岩に腰を掛け、キセルの莨《たばこ》に火を点けた。左衛門も大門も、それぞれに座り込み、のんびりとキセルを吹かしはじめた。

室井が近寄っていった。

「いよいよ我が藩の領地。城まではあと一息でござるぞ」

「美しい風景ですな」

文史郎は一服しながらいった。

街道は峠を下ると、広大な田園と雑木林の広がる平地に入る。

そこには霞ヶ浦の入江があり、信太藩の城下町が見えた。その入江から筑波の山裾まで広々とした田畑が広がっていた。

田植えが始まったら、緑一色の田園になるのだろう。

那須川藩領の農地に比べ、河川の水は豊富で、見るからに土が肥えている。なんと豊かな土地なのだろう、と文史郎は感心した。

「石高二万二千石でござるが、実質は三万石に近いかと思います。雑木林を伐採し、新たに開墾すれば、さらに米を増産することができましょう」

「そうでござろうのう」

「雑木林といえど、ほとんどがくぬぎ。くぬぎはいい炭になります。藩としては、炭焼きを奨励し、出来た炭は舟運を使って、江戸へ送っております。お米と同様、炭の売り上げからの収益は藩財政の大事な柱の一つになっておりましてな。しかも桑畑も広い。藩は養蚕《ようさん》も奨励しており、生糸《きいと》の生産も盛んになりつつある。そんなことで、南の土浦藩も北の水戸藩も、豊かな資源を持つ信太藩を自藩に吸収合併したい、と狙っておるのです」

「なるほどのう。南北を大藩に挟まれ、いろいろ圧力がかかるのだろうのう」

「さようで。北の徳川水戸藩につくのがいいのか、身近な土浦藩の方がいいのか、藩内でもさまざまな意見に割れておりましてな。そんな中、幕府が今回のような事件を嗅ぎ付けたら、それを口実に信太藩を改易し、領地を水戸藩と土浦藩に、分配しかねない怖れがあるのでござる。それゆえ、相談人殿たちにお願いして、穏便に、かつ内々に、殿を無事連れ戻していただきたいのでござる」

「噂にきいたが、室井殿は、水戸藩びいきだということだが」

「向原殿がいったのでござろう？　正直、拙者は、どちらでもござらぬ。我が藩主久世様を支えて参るつもり。ただ、筆頭家老の相馬蔵之丞殿が土浦藩と繋がっている様子なので、拙者はあえて、水戸藩寄りを装い、相馬殿を牽制しているのでござる」

「なるほど。そういうことか」

「では、そろそろ、参りましょうか」

室井は腰を上げ、供侍たちに出発を告げた。

「城中まで、もう一息だ。皆、元気を出して行こう」

徒侍たちは元気よく腰を上げた。

左衛門も大門も馬の手綱を握り、馬を引き寄せた。

文史郎は再び馬上に跨がった。

「出発！」

先頭の室井が馬上から叫んだ。

一行は足取りも軽く、街道を歩き出した。

峠からは鬱蒼とした雑木林の間を抜ける、曲がりくねった緩い下り坂になる。

馬上から下り坂の先を眺めた。雑木林の間に何か光る物が見えたような気がした。

後ろから左衛門が馬を走らせ、文史郎の馬に轡を並ばせた。

「殿、この分では、昼過ぎには城に到着しそうですな」

「だったらいいが」

文史郎は馬上から坂道の先を窺った。

「殿、いかがなされた？」

「爺、気になる。ついて参れ」

文史郎は黒馬の腹を軽く足で蹴った。

黒馬は走り出し、行列を追い越した。あとから左衛門の馬がついて来る。

「相談人、どうなされた?」

文史郎は先頭の室井を追い抜きながら、

「行く手に誰かいる。先に行く。ゆっくり参れ」

文史郎は下り坂を馬で一気に下った。

左衛門が馬蹄の音も高く、文史郎の後ろについて追って来る。

下り坂は緩く右に曲がり、雑木林の陰に隠れた。そこにやや広い芒《すすき》の原があった。

芒の原の中に大勢の黒装束姿の侍たちが待ち受けていた。

黒装束たちは抜刀し、ばらばらっと散開して、文史郎の前に立ちふさがった。

馬は驚いていななき、後ろ肢立ちになって前肢を黒装束たちに振るった。

「待ち伏せか!」

文史郎は馬の手綱を引いた。馬は文史郎を振り落とそうとした。

続いて付いてきた左衛門も馬を停止させた。

「殿! 大丈夫でござるか」

雑木林の木の枝に、鉄砲を構えた人影が見えた。

「いかん、鉄砲だ」

文史郎は馬を立て直し、黒装束たちの間を駆け抜けた。

「殿！」

続いて左衛門も馬を巧みに操り、黒装束たちの間を縫って、走り抜けた。

大門が芦毛馬を駆って黒装束たちの中に飛び込んで来た。

芦毛馬は黒装束たちに驚き、後ろ肢立ちになった。大門は振り落とされて、どうと地面に転がり落ちた。

「大門が危ない！」

文史郎は馬の頭を来た道に向け、鐙《あぶみ》で脇腹を蹴った。

馬はいななき、いま来た道を駆け戻りはじめた。

「大門！　鉄砲だ。気を付けろ」

文史郎は抜刀し、馬上で八相に構えた。

黒装束たちは、刀で馬上の文史郎に斬り付けようとした。

文史郎は馬を飛ばして、刀で黒装束たちを薙ぎ払った。

銃声が起こった。

弾丸が風を切り、文史郎の頰をかすめて飛んだ。

「殿、大丈夫でござるか」

大門は尻を撫で撫で立ち上がり、手にした六角棒で黒装束たちと渡り合っていた。

文史郎は大門の周りの黒装束たちを馬で牽制し、鉄砲を持った人影を探した。

左衛門が馬を駆って二人のところに走り込んだ。

左衛門は馬からひらりと飛び降り、抜き打ちざまに、手向かう黒装束を斬り伏せた。

「殿、ご用心」

文史郎は鉄砲を持った人影を見付けた。

なおも銃を構え、文史郎を狙おうとしている。

文史郎は手綱を引き、馬の陰に隠れながら、鉄砲を持った黒装束の木を目がけて馬を走らせた。

またも銃声が轟いた。

文史郎の馬が木立に駆け込むのと同時だった。間近の枝に弾が当たり、白い花弁がばらばらっと散った。

文史郎は、頭上の木の上でおろおろしている黒装束に、腰の小刀を抜き、素早く投げ付けた。小刀の抜き身はくるくると回転して、黒装束の腿に突き刺さった。

黒装束は悲鳴を上げ、銃もろとも地上に落下した。

文史郎は馬から飛び降り、黒装束の腿から小刀を抜き取り、ついで鉄砲を奪い取った。

後込《あとご》め式の新式西洋銃だった。以前、武器商人から銃の扱い方を習ったことがある。

またも銃声が起こった。

まだ鉄砲組がいるというのか？

文史郎は、腿の傷を押さえて、その場に蹲った黒装束に刀を突き付けた。

「答えよ。いえば、命は助ける。ほかに鉄砲は何挺ある？」

「……もう一挺でござる」

「よし、命は助けよう。行け」

黒装束は腿を押さえながら、手をつき、這うようにして逃げた。

文史郎は銃を手に芒原に取って返した。

刀の峰を返し、襲ってくる黒装束を次々に叩き伏せた。

たちまち、大門と左衛門が黒装束たちと斬り結んでいる場所に駆け込んだ。

「爺、これを」

文史郎は銃を左衛門に渡した。

「おう。西洋銃ではござらぬか」

左衛門はにやっと笑った。

左衛門も鉄砲の心得はある。

再び銃声が起こった。

「殿、室井殿たちが危ない」

大門が叫び、六角棒をぐるぐる回転させ、黒装束たちを薙ぎ倒しながら、道を切り開いた。

先では街道を下りて来た室井たちが、黒装束たちに囲まれ、斬り結んでいた。

文史郎と左衛門が大門のあとに続き、黒装束たちの囲みを破って、室井たちに駆け寄った。

室井の乗っていた馬が銃弾を受けて倒れていた。室井は落馬したらしい。

室井は陣笠も脱げ、刀も折れていた。肩口を斬られて、青息吐息だった。

「相談人殿、身の代金を頼む」

「任せておけ。爺、室井殿を頼む」

「承知」左衛門は銃を室井に預け、襲いかかる黒装束たちを撫で斬りに倒した。

文史郎は大門といっしょに、千両箱を背に積んだ二頭の荷馬を守っている供侍たちに駆け寄った。

「ああ、相談人様」

供侍たちは刀を抜き、荷馬を奪おうと襲いかかる黒装束と必死に斬り結んでいた。すでに何人かの供侍たちが黒装束に斬られて倒れていた。

「おのれ、許さぬ」

文史郎は黒装束たちの群れに駆け込むと、一気に数人を峰打ちで倒した。

大門も六角棒をぶんぶんと振り回し、当たるを幸い、黒装束の刀をへし折り、吹き飛ばす。

再び、銃声が鳴った。

唸りをあげた銃弾が文史郎の腕をかすって飛んだ。ちょうど文史郎が斬り合っていた黒装束と体が入れ替わった瞬間だった。一瞬遅かったら、胸か腹に命中していたところだ。

今度は右手の林からだ。

「大門、ここを頼む」

文史郎は怒鳴り、黒装束たちを叩き伏せながら、銃声が起こった林へ突進した。

林には数人の黒装束たちが集まっていた。彼らの後ろに黒頭巾を被った侍が立っていた。

黒頭巾が黒装束たちの頭目だと見当をつけた。
銃を持った人影が、彼らの裏手の木の上に見えた。
人影は銃口を文史郎に向けている。
文史郎は照準が定まらぬように芒の叢《くさむら》の陰を伝いながら、黒頭巾に向かって駆けた。
「撃て！　撃つんだ！」
黒頭巾の怒鳴り声が命じた。
文史郎は姿勢を低め、芒の叢から黒装束たちの前に飛び出した。
慌てた護衛の黒装束たちが、背後の黒頭巾を守ろうとして文史郎の前に立ち塞がった。
文史郎は、その一瞬を逃さず、黒装束たちの軀を盾にした。
またも木の上から銃声が起こり、黒装束の一人が後頭部を粉砕されて転がった。
文史郎は刀でほかの黒装束たちを右左に打ち倒し、黒頭巾の前に躍り出た。
黒頭巾の首に刀を押しつけて、怒鳴った。
「皆、動くな。動けば、こやつの首を刎《は》ねる」
周囲の黒装束たちは顔を見合わせ、凍り付いたように動かなくなった。

文史郎は、黒頭巾の首にあてた刀を木の上にいる人影に見せた。

「木の上にいるやつ、鉄砲を捨てろ。さもないと、こやつの命はないぞ」

「城代……」

黒装束たちが呻いた。

なに、城代だと？

草叢にがさっと音が立った。銃を捨てた音だ。

その瞬間、黒頭巾の手が腰の刀を引き抜き、抜き打ちで文史郎に斬りかかろうとした。

居合い！

文史郎は反射的に刀を振り上げた黒頭巾の胸元に飛び込んだ。黒頭巾は刀を抜いたものの、手元に飛び込まれ、刀を振り下ろせない。

文史郎は刀を横に薙ぎ払い、黒頭巾の胴を抜いた。

鮮血が黒頭巾の胸元からどっと噴き出した。

文史郎は黒頭巾と背中を合わせ、周囲の黒装束たちを半眼で見ながら、残心《ざんしん》に入った。

やがて、黒頭巾は文史郎の背にもたれたまま崩れ落ちた。

周囲の黒装束たちは呆然と、その様子を見て立ちすくんでいた。

「引け、引け、引け」

突然、黒装束の一人が怒鳴った。

それを合図に黒装束たちは一斉に逃げはじめた。黒装束たちは傷ついた仲間を担いだり、肩を貸したりして、引き揚げて行く。

勝ち誇った供侍たちが、喚声を上げて、黒装束を追おうとした。

「追うな。戻って二千両を守れ」

室井の冷静な声が響いた。供侍たちは足を止め、二千両を背負った荷馬たちに駆け戻った。

そのうち黒装束たちの姿は音もなく雑木林の中に消えた。

あとには、黒頭巾と、いくつかの黒装束の死体だけが残った。

文史郎は懐紙で刀の血糊《ちのり》を拭い、黒頭巾の遺体の胸に載せた。

「御家老、この者、居合いの遣い手だったが、何者か御存知か？」

文史郎は黒頭巾を見下ろした。

「居合いの遣い手ですと？」

供侍に躯を支えられた室井は、近くにいた供侍に命じた。

「頭巾を取れ」

供侍は屈み込み、黒頭巾を脱がした。

「……な、なんと、城代ではないか」

室井は呻くようにいった。

「城代だと？」

「さよう、この男が城代の織田勇之典でござる。かつて物頭だったころ、居合いの達人として怖れられた男だった」

室井は頭を振った。

文史郎が黒頭巾に刀を突き付けたとき、黒装束たちが「城代」と囁きあっていたのを思い出した。

「やはり、城代だったか」

左衛門が文史郎の腕の傷を差した。

「殿、殿もお怪我をされてますぞ」

左衛門は急いで手拭いを縦に引き裂き、文史郎の腕にぐるぐると巻き付け、止血した。

大門が林に入り、草叢に落ちていた鉄砲を拾い上げた。

「こちらも、西洋式の銃ですぞ」

左衛門が頭を振った。

「殿が先に林の中に光る物を見付けなかったら、いまごろ、どうなっていたことやら」

大門は顎髯を撫でた。

「左右の木の上から銃で殿や室井殿が狙い撃ちされ、足が止まったところを、一斉に黒装束たちに襲われたら、と思うとぞっとするな」

文史郎は室井の顔を見た。

室井の顔は青ざめていた。胸に受けた怪我のせいもあるが、それ以上に、怖れていたことが事実として分かったことに衝撃を受けているのだった。

「相談人殿、こうなると筆頭家老は本気で身の代金を横取りするつもりだ、と思った方がよさそうですな」

「うむ。そう覚悟してかかりましょう」

文史郎はうなずいた。

第四話　筑波女体山《にょたいさん》頂の決闘

一

文史郎たち一行は、信太藩の城下町に粛々と入って行った。

総勢十八名馬十頭だった一行は、先の待ち伏せにより、死者二名、深手を負った者六名を出し、馬丁二名が逃亡したため、総勢十四名に減っていた。十頭いた馬も、一頭が銃創で死亡、二頭が刀傷を受けたが、どうにか町まで歩き通すことができた。

文史郎は傷を負った次席家老の室井を、自分の馬の背に乗せ、落馬しないように気をつけながら馬を歩かせた。

町に入った一行は、負傷者の手当てのため、真っ先に御典医の順庵の施療院に寄った。

順庵は長崎出島《でじま》でオランダ医学を修めた医者で、室井の幼なじみだった。

「すぐに手術の用意だ」

蘭医の順庵は室井の傷を一目見るなり、弟子たちにいった。

室井の傷は思った以上に深手だった。多量に出血したため、だいぶ体力も弱っていた。

室井は手術用の部屋に連れて行かれてから、しばらく戻らなかった。

その間に文史郎たちは施療院で弟子たちに怪我の手当てをしてもらった。

二個の千両箱は、順庵の計らいで、とりあえず順庵の屋敷の蔵に預けることになった。

手術部屋から戻ってきた順庵は、文史郎に、室井は体力が戻るまで、半月ほどは絶対安静が必要だといった。

「半月……」

文史郎は左衛門と顔を見合わせた。

その間、室井は順庵の屋敷の離れで静養することになった。もし容態が急変しても、順庵の屋敷にいれば、すぐに治療することができる。

離れの寝床に横たわった室井傳岳は、文史郎たちが行くと、起きようとしたが、軀がいうことをきかなかった。

「御家老、無理はなさるな」

「相談人殿、弱りました。それがし、この様《ざま》では身の代金を、期日までに筑波山麓の法華堂に届けることが、できそうもありませぬ」

「うむ」

「そこで、お願いでござる。それがしに代わって、二千両の身の代金を法華堂に届けていただけまいか」

「在所には、おぬしが信頼できる家臣はおらぬのか？」

「おるにはおりますが、殿をお救いするという大役を任せるほど信頼ができる家臣ではござらぬ。第一、身の代金を横取りしようという相手が筆頭家老だと分かったら、みな尻込みいたしましょう」

文史郎は隣室に控えた供侍たちに目をやった。いずれも、怪我の手当てを受けて、腕や足に包帯を巻いてはいるが、意気軒昂《いきけんこう》だった。

「江戸から護衛して来た、あの供侍たちは、いかがなのだ？」

「徒侍《かちざむらい》頭《がしら》の沢井《さわい》が生きていたら、任せることができたでしょうが、先の戦さで斬り死にしてしまった。ほかの者は若くて元気はあるが、統率力に欠けている。ここは、事情もよく分かっている相談人の皆様の御力にお縋《すが》りするしかないと」

「……ううむ。どうしたものか」

文史郎は腕組をして考え込んだ。

二千両の身の代金の警護は任されたが、次席家老の室井に代わって、身の代金を法華堂に届けることまでは頼まれていない。

左衛門が口を開いた。

「殿、我らが向原殿から依頼されたことは、久世達匡様を無事取り戻すことでござる。そのために身の代金を警護して参ったのでござるから、室井殿の代理をしてもいいのではないでしょうか」

「拙者も、左衛門殿に同感でござる」

大門も賛成した。

隣室で文史郎と室井傳岳のやりとりをきいていた供侍たちが、部屋の襖の仕切りまで膝行《しっこう》して来た。

供侍たちは口々にいった。

「相談人様、ぜひとも、次席家老に代わって、指揮を執ってくだされ」

「我ら全員、喜んで相談人様の命令に従います」

「なにとぞ、よろしうお願いいたします」

供侍たちは、そういって平伏した。

室井傳岳も床の中で手を合わせた。

「相談人殿、全権を委任いたす。すべての責任は拙者が負います。だから、お引き受け願いたい。これこの通りでござる」

文史郎は組んでいた腕を外した。

「分かり申した。室井殿の代理を、喜んで、お引き受けいたそう」

「相談人様、ありがとうございます」

室井は目頭《めがしら》を手で拭った。

「よかったよかった」

供侍たちも喜び合った。

「室井殿、それにしても、我らが届けるにせよ、我らは法華堂の場所を知らないが」

供侍たちが口々にいった。

「大丈夫でござる。拙者たちは、もともと在所の出身」

「筑波山の山中は、子供のころから遊び回った、自分たちの庭のようなものにござる」

「廃寺の法華堂なら、それがしが案内できもうそう」

文史郎は頼もしそうにうなずいた。

「分かった。おぬしたちを信頼しよう。では、あらためて、おぬしたちのことを知っておきたい」

総勢九名。全員、二十代の若侍だ。

無傷の者は四名。残り五名は、いずれも頭や手足、中には胸に包帯を巻いており痛々しい姿だ。

「しかし、徒侍頭がいないので、おぬしたちの中から頭になる者を選びたい。おぬしたちの間で頭に相応《ふさわ》しいと思う者は誰だ？　自薦他薦、どちらでもよいぞ」

供侍たちは互いに顔を見合わせ、一番前にいた若侍に、みんなの視線が集中した。

「近藤《こんどう》さん」

「近藤卓馬《たくま》」

近藤卓馬と呼ばれた若侍は顔を赤らめた。

「いや、それがしなんぞ、相応しくない。頭なら、一番年長で兄貴分の榊《さかき》慎介《しんすけ》、おぬしがいい」

近藤は、右端に座った、やや年長の面立ちの若侍を見た。

「いや、それがしは、ただ少し年上なだけだ。俺よりも人望のある近藤がいい。第一、俺は腕をやられた。これでは、率先して敵を迎え討てぬ」

榊慎介は首から三角巾《さんかくきん》で吊った右腕を差し上げた。

「ほかには？」

若侍たちは口々に互いの名を言い合い、騒《ざわ》めいた。

文史郎は、にやにやしている左衛門と大門に顔を向けた。

「爺、大門、いかがに思う？」

「そうですな。二隊に分けたらいかがですかな。そして、二人をそれぞれの隊長にする」

「なるほど。それはいいな。そして、爺と大門おぬしらが、それぞれの隊の顧問になるというのはどうだ？」

「しばし、お待ちを」

左衛門は大門とひそひそ声で打ち合せた。

「殿、では、そういうことでいきましょう」

文史郎は若侍たちに「静まれ」といった。

若侍たちは私語をやめた。

「これから、おぬしたち九人を、五人と四人の隊に分ける。一番隊の隊長は榊慎介、二番隊の隊長は近藤卓馬」

若侍たちは騒めいた。

「榊慎介と近藤卓馬は協議して、それぞれ自分の隊の隊員を選べ」

若侍たちは賑やかに騒ぎはじめた。

文史郎は両手を広げて静まるようにいった。

「なお、一番隊の顧問は篠塚左衛門が、二番隊顧問は大門甚兵衛が就《つ》く」

「総隊長は？」榊慎介が文史郎に向いた。

「殿に決まっておる」

左衛門が笑いながらいった。

若侍たち全員は安堵し、どっと拍手した。

大門がみんなを手で制した。

「では、隊の人選、始め」

榊と近藤の周りに若侍たちが集まり、賑やかに隊員の取り合いが始まった。

寝床に横たわった室井が顔を綻《ほころ》ばせた。

「相談人殿、こやつらを、よろしうお願いいたします。ほんとうにご迷惑をおかけします。申し訳ない」

「大丈夫だ。無用な心配はいたすな。この若者たちは立派にやっていける」

文史郎はうなずいた。

左衛門が小声で室井に耳打ちした。

「ところで、御家老、いま二千両は、この屋敷の蔵に預かってもらっているが、順庵殿は信頼できるのか？」

「城の蔵に納めるよりも安心だ。順庵は拙者の幼なじみで竹馬《ちくば》の友。信頼できる。御典医ではあるが、武家だけでなく、町家、百姓の別なく診療する庶民の医者であろうとしている男だ。間違ったことが大嫌いで、今回のことでも、話せばきっとわしらの味方をしてくれるはず」

「それをきいて安心した」

左衛門は大きくうなずいた。

榊慎介が文史郎に申告した。

「一番隊の隊員決まりました。笹原《ささはら》、児島《こじま》、菊地《きくち》、牧原《まきはら》、そして、拙者の五人です」

「二番隊は、小松《こまつ》、石田《いしだ》、久賀《くが》と、自分の四人です」と近藤卓馬。

「よろしい」文史郎はうなずいた。

左衛門が大声でいった。

「では、本日昼間は一番隊が蔵につめての警護。二番隊は夜に一番隊と交替する。いまのうち休んでおけ。いいな」

「はいっ」

若侍たちは元気よく返事をし、二手に分かれた。早速一番隊の若侍たちは外に出て行った。残った二番隊の供侍たちは控えの間で、寝転んだり、胡坐をかいたり、思い思いの格好でくつろいでいる。

施療院の玄関先が騒がしくなった。

しばらくすると、順庵が弟子を伴って廊下から現れた。

「室井氏、筆頭家老の相馬殿が見舞いに訪ねて参った。いかがいたす?」

「筆頭家老が?」

文史郎は室井と顔を見合わせた。

室井は呻くようにいった。

「どうして、筆頭家老は、我らがここへ入ったのを知っているのですかな?」

「恐らく我ら一行の動きを配下に見張らせていたのではないか?」

文史郎は腕組をした。

「おそらく、そうでござろうな」

　室井はうなずいた。左衛門がいった。

「御家老、相馬蔵之丞と城代の織田とはぐるなのだろう？」

「さよう。いつも二人はつるんでいますからな。そう思ってしかるべきかと思います」

　文史郎は訝った。

「当然、相馬は織田が国境で我らを待ち伏せし、二千両を奪う計画を知っていたと見ていいな」

「おそらく」

　左衛門は呆れた顔でいった。

「その相馬が、どの顔して、室井殿のところに見舞いに来るのか、これは見物《みもの》ですな」

　大門もうなずいた。

「相馬が、事件のこと、どう言い逃れするのか、楽しみといえば楽しみですな」

　文史郎は室井と順庵に向いていった。

「ちょうどいい機会だ。それがしも、一度、相馬蔵之丞殿に会っておきたい。どんな人物なのか、会って話がしたいものだ」

「分かりました。では、こちらに御通ししますかな」

順庵は微笑みながら、うなずいた。

二

筆頭家老相馬蔵之丞は、どかどかと廊下の床を踏み鳴らして離れに入って来た。どっしりしたがたいの苦み走った顔の好い男だ。後ろに物頭の海老坂小次郎が付き添っている。

「御免」

相馬はずかずかと離れに足を踏み入れた。

「おう、相馬殿」

室井は顔を上げた。

「室井殿、それで怪我の加減はいかがかな」

相馬は寝ている室井の寝床の前に座った。

物頭の海老坂が、文史郎に頭を下げ、相馬の後ろに正座した。携えていた刀を右側に置いた。

「まあ、しばらく動かぬようにとのことでござった」

相馬は心配顔で訊いた。

「城におったら、国境近くで、おぬしたち一行が襲われ、おぬしが大怪我を負ったと家臣からきいた。災難だったのう。容体はいかがかなと思うてな」

「……こちらにおられる相談人の方々のお力により、我ら一行も、殿の身の代金も無事でござった」

「そうでござったか。それはそれは、相談人の方々、まことにかたじけのうござった。藩を代表して感謝申し上げまする」

相馬は文史郎に顔を向け、一礼した。

「ところで、挨拶が遅れましたが、拙者、信太藩の筆頭家老を務めまする相馬蔵之丞と申す。貴殿は、那須川藩主の若月丹波守清胤殿とおききしたが、まことにござるか」

文史郎はうなずいた。

「それはかつての話、いまはただの隠居の身。名も大館文史郎と改めた天下の素浪人でござる」

「ほほう、そうでござるか。なんでも、長屋のお殿様となられておられるとかおききしたが」

「長屋住まいをしているので、そう呼ばれておるが、いわば洒落みたいなもの」

「ははは。洒落でしたか。拙者は、貴殿が本気でやっておられるかと思いました。それに相談人とやらの、よろず揉め事を引き受ける商売をなさっているとか？」

　相馬は笑いながら、皮肉混じりにいった。

「さようでござる」

　左衛門がむっとした表情で口を挟んだ。

　相馬はじろりと左衛門に目をやった。

「失礼、ご老体は？」

「文史郎様といっしょに相談人を相務めます篠塚左衛門。で、こちらは」

「同じく相談人大門甚兵衛。以後よろしくお見知りおきくだされ」

　大門はじろりと相馬を見やった。相馬はにんまりと笑い、頭を下げた。

「これはこれは、重ね重ね失礼をばいたしました。このたびは、室井が相談人の皆様のお世話になり、感謝に堪えません。以後は、身の代金は、拙者どもが預かり、白狐党との交渉に臨みますので、ご安心くださりますよう」

「む？」

文史郎は訝った。室井が寝床から起き上がろうともがいた。

「相馬殿、それはないですぞ。身の代金については、次席家老のそれがしと江戸家老向原殿が責任を持って白狐党に支払う役目のはず。それを突然に……」

「室井殿、おぬし、その軀で、どうやって身の代金を白狐党に届けるおつもりかな」

相馬は室井を見て嘲《せせ》ら笑った。

「しかし、相馬殿、奥方様から、身の代金の支払いについては、それがしが全権を任されておりまする。それがしが動けずとも、ここにおられる相談人様たちに代行していただくことになっております」

「室井殿、かりにも身の代金二千両は藩のお金でござろう。それを藩とは何の縁《ゆかり》もない、相談人がごとき……いや、これは失礼、本人を前にして申し上げるのは気が引けるが、藩の者ではない、余所《よそ》の者に預けるのは、いかがかと思うのだが」

室井は海老坂に支えられ、ようやく蒲団の上で上半身を起こした。

「相馬殿、この際、はっきり申し上げる。おぬしは、はじめ、殿を救い出すための身の代金五千両の支払いに反対なさったではないか」

「いや、だから、あれはあのときの、拙者の判断の誤りで……」

「いや、相馬殿、おぬしは藩の金蔵には、五千両もの大金はない、と申しておった。だから、払えぬとな」

「…………」

「向原殿とそれがしは、確かに藩の金蔵にはないかもしれないが、札差や蔵元に事情を話して頼めば、きっと金を用立ててくれる。それで必死になって江戸中を駆けずり回り、四方八方に頭を下げて、やっと掻き集めたのが五千両でござる。それを、いまになって、どの面下げて、いや失礼、相馬殿は、どのように宗旨替えなさって、藩の金だと申されるのか」

「……いや、だから……」

相馬は言い淀んだ。

「家老会議において、相馬殿も承認されたではないか。集めた五千両については、それがしと江戸家老向原殿が一切《いっさい》の責任を持つ、と。相馬殿は一切口出ししないとも。それをお忘れか?」

「……それはそうだが……」

「相談人様たちについても、奥方様が江戸での相談人様たちの評判を聞き付け、わざわざお目にかかって、身の代金の受け渡しについて警護してくれるよう、直接ご依頼なさったもの。それを相馬殿はこの段になって横車を押し、邪魔をなさるおつもりか」

「いや、そうではない。ただ怪我をしたおぬしが動けぬだろうから、筆頭家老の拙者が代わって交渉にあたろうか、と思った次第で、他意はない」

「ほんとうにそうでござろうか」

室井はじろりと相馬を睨んだ。

「どういう意味だな？」

「相馬殿と城代の織田殿は、同意見でござったな。身の代金は支払うべきではない、と」

「そ、そうではあったが……拙者と城代とは考えが違う」

「どう違うのでござる？」

「城代はあくまで筑波の白狐党など野盗に身の代金など支払うのはもったいないと。拙者は、殿の命には替えられぬと」

「相馬殿は五千両が集まってから、そう宗旨替えなさったわけでしたな」

「ま、そうなるな。だから、拙者と城代といっしょにされては困る。あいつは城代なのに殿の命よりも金が大事というやつだったからな。最近はわしのいうこともきこうとしない、ほんとにけしからん男だった」

「物頭だった織田勇之典を、いきなり城代に抜擢なさったのは、相馬殿だったではなかったですか？　その織田が、どうして恩人でもある上司の相馬殿のいうことをきかないなどとおっしゃるのですかな？」

「そ、そんなことは織田に直接尋ねてくれ。拙者が知るはずがあるまい」

　室井はじろりと相馬を見た。

「死人に口なし、ですからな。いまとなっては知るよしもない」

「何？　死人に口なし？　どういうことだ？」

「またまた、お惚《とぼ》けになって。相馬殿は、御存知だったのでしょう？　城代が配下の者たちを率いて、峠の下で我ら一行を待ち伏せした。だが、この相談人様たちに返り討ちにあって亡くなった」

　相馬は白々しい顔でいった。

「とんでもない。そんなことは、初めてきいた。知っていたら、拙者が即刻、城代を捕らえておったことだろう。のう、海老坂？　拙者たちは、そんなことをまったく知らなかったよのう」

　海老坂は相馬から突然話を振られ、虚を突かれた様子だった。だが、すぐ気を取り直していった。

「はい。それがしも、まさか城代がご一行を襲撃しようとしていたとは、まったく存じません」

「室井殿、ほれ、拙者といっしょにいた物頭が証言しておる通りだ」

室井は文史郎の顔を見た。

室井の目は、相馬も海老坂も嘘をついているといっていた。

室井は海老坂に詰問した。

「物頭、おぬし、お庭番を国中に放って調べておったのだろう？」

「はっ」海老坂は首肯《うなず》いた。

「なのに、おぬしたちは、城代ともあろう者が、不届き千万にも、我ら一行を襲い、殿の命がかかった身の代金二千両を奪おうなどという陰謀をめぐらしているのを、まったく嗅ぎ付けなかったと申すのか？」

「はっ、申し訳ございません」

海老坂は蒲団の傍から後ろに跳び退き、平伏した。相馬が取り成すようにいった。

「室井殿、海老坂も、まさか身内である城代が、そのような陰謀を考えておったとは、思いもよらなんだのだろう」

海老坂は頭を下げたままいった。

「はっ。配下の者たちには、白狐党一味の居場所を探索させておったので、まさか身の代金を狙う者がほかにいるとは、まったく想像もしなかったのでござる。執政の中に、そのような裏切り者がおったとは、まったく想像だにいたしませなんだ」

相馬はにこやかにいった。

「そういうわけだ。室井殿、海老坂を許してやってくれ」

「致し方ありませぬな」

室井もそれ以上は追及しなかった。

相馬は室井に向いた。

「それで、室井殿、どうかのう。考え直してくれぬか？　身の代金の残り二千両、それがしに扱わせてくれぬか？　それを餌にして白狐党一味を一網打尽にして、二度と悪さをせぬようにいたすつもりなのだが」

「お断わりいたします。その件につきましては、相談人の皆様にお願いいたすことに決めておりますゆえ」

室井傳岳は、きっぱりと断った。相馬は苦々しくいった。

「そうか。室井殿は、それほどに拙者を信用しないか。残念至極。では、海老坂、引き揚げようか」

相馬は憮然とした顔で海老坂に目配せした。海老坂はうなずいた。

「では、御免」

相馬はどかどかと床を踏み鳴らし、廊下を歩き去った。

海老坂は文史郎に目礼すると、静かに相馬のあとに付いて行った。

文史郎たちは無言で相馬たちの後ろ姿を見送った。

隣の間で息をつめて耳をそばだてていた供侍たちが息を吹き返したように騒ついた。

三

文史郎たちは、順庵の施療院に泊まるわけにいかないので、地元をよく知る榊慎介や近藤卓馬たちが手配してくれた旅籠『関屋《せきや》』に投宿した。

『関屋』は本陣宿も兼ねた城下町一番の大きな旅籠で、大勢の筑波山参りの町人、商人、旅の途中の武家たちで賑わっていた。

宿の女将は、榊慎介や近藤卓馬たちと懇意にしているらしく、文史郎たちはさっそく旅籠の離れに案内された。

離れは母屋《おもや》の旅籠の裏手の林の中にある別棟の庵《いおり》だった。庵は渡り廊下で母屋と繋がっているだけで、南側には京風の庭があり、背後には鬱蒼《うっそう》と茂った楢《なら》林があって、人目を忍んで泊まる隠れ宿だった。

離れに案内した女将がお茶と茶菓子を置いて引き揚げると、あたりは人里離れた庵にいるかのように静かだった。

黄昏《たそがれ》迫った裏山の楢林から、木々の葉が風に吹かれて立てるかすかな音に混じり、ねぐらに戻った小鳥たちの囀《さえず》りもきこえる。

「これは、いいですなあ。江戸では味わえぬ風情《ふぜい》だ」

大門は京風の雅びな庭を目の前にして、濡れ縁に座り、大きな伸びをした。

庭の先には黒塀があり、塀越しに旅籠の母屋の瓦屋根が見える。

「大門殿、物見遊山の旅ではござらぬぞ。気を引き締めてくだされ」

左衛門は苦々しくいった。

「爺、そんな堅いことはいうな。明日から、また忙しい。今夜くらいは、気を休めて、のんびりせぬと」

文史郎は旅装を解き、浴衣に着替えながら笑った。

「お客様、お食事の前に、まずはお風呂へどうぞ」

年増の女中が廊下から声をかけた。

「そうだな。汗を流そうぞ」

文史郎たちは、手拭いを肩に、女中に案内されて、浴場へと急いだ。

湯を上がり、離れに戻るころには、日が暮れ、あたりは薄暗くなっていた。廊下や部屋には行灯が灯されている。

離れの庭に面した座敷には一人の寝具が敷かれ、控えの間には、二人分の寝具が並べてあった。

女将が顔を出した。

「お食事は、別間にご用意してございます。ご案内いたします」

「おおそうか。参ろうか」

「腹が空いたでござる」

「まったく」

文史郎たちは女将のあとに付いて、渡り廊下を戻り、母屋の座敷に案内された。

座敷から枯山水《かれさんすい》の庭園が望め、大名や身分の高い武家、豪商などをもてなすための座敷だった。

すでに宴席が用意されていた。

文史郎たちが豪華な膳の前に座ると間もなく、三味線の清掻《すががき》が賑やかに鳴り響き、隣との間の襖が左右に開かれた。

文史郎たちが驚く間もなく、艶やかな芸妓が現れ、それぞれの前で、手をついて名を名乗り、「よろしうお願いいたします」と頭を下げた。

「爺、これはいかなことか?」

文史郎は傍らの左衛門に訊いた。

左衛門も仰天《ぎょうてん》した。

「殿の粋な計らいではござらぬのか?」

「違う。余は知らぬ。では、大門か?」

芸妓から杯に酒を受けながら、大門は頭を左右に振った。

「殿、それがしも存じません。ま、でもいいではないですか」

大門は狸顔の芸妓が気に入った様子で、悦に入っていた。

文史郎は女将を手招きして訊いた。

「女将、済まぬ、この宴席は誰の計らいかのう?」

「ご心配なく。地元の御大尽様から、お殿様たちをおもてなしするよう、御代をたくさん頂いておりますゆえ」

　女将はにこやかに答えた。

「地元の御大尽とは、どなたかな？」

「それは内緒にとおっしゃられております」

「そうはいわれても、拙者たちも困る」

「大丈夫です。順庵様のお知り合いです。順庵様が家老の室井傳岳様をお助けになったお殿様たちに、ぜひ、お礼をしたいとおっしゃっておられましたから」

「おう。そうか。しかし、このような豪勢な宴席を設けていただくとは、あまりに申し訳ないのう」

　文史郎は安堵した。左衛門も笑った。

「なんだ、そうでござったか。順庵殿のお知り合いのもてなしでござったか、ありがたいことですな」

「そういうことなら、それがし、遠慮なくいただきまする。……」

　大門も大笑いし、ぐいっと杯を空けた。

「そうでなくても、でござろう」

　左衛門は、そういいながらも脇に擦り寄った若い芸妓に目尻を下げた。

「大門も爺も、あきれたのう……」

 文史郎は頭を振った。文史郎の傍らに膝を寄せた芸妓が微笑みながら、お銚子を掲げた。

「さ、お殿様、お一つ、どうぞ。筑波で採れたお米で造られたお酒にございます」

「………」

文史郎は芸妓の美しさに思わず目を奪われた。

広い富士額に黒目勝ちな大きな瞳。ふっくらとした頬から顎にかけての艶のある曲線。色白の肌。整った目鼻立ち。島田髷を小さく傾げて、微笑む仕草。

文史郎は、若い芸妓の芳しい匂いに鼻をひくつかせた。なにかの花の薫りだ。どこかで嗅いだことがある。だが、思い出せなかった。

文史郎は盃の酒を飲みながら、芸妓に尋ねた。

「おぬしは?」

「あざみにございます」

「あざみか」

文史郎は盃に酒を受けながら、記憶を辿った。誰かに似ているような気がする。

「前に一度逢ったことがないか?」

「……わたしに似た女子と懇《ねんご》ろになられたのですね。憎いお殿様」

あざみと名乗った芸妓は文史郎の膝を抓《つね》った。

「痛ッ……」

文史郎は頬を緩めた。あざみは手を文史郎の膝に置いた。

「さ、もう一杯、どうぞ」

「うむ。美味い」

文史郎はあざみから注《さ》されるままに美酒を飲んだ。

「さあさ、芸妓の皆さん、踊ってください」

女将がいった。

三味線が爪弾かれ、小太鼓が打ち鳴らされた。あざみは文史郎の膝に置いた手を肩に回し、立ち上がった。

文史郎はあざみの放つ香りに目を細めた。

年増の芸者が三味線の音に合わせて、筑波の民謡を唄いはじめた。

あざみたち三人の舞姫たちは、その唄に合わせ、艶やかに舞いはじめた。

文史郎はあざみの身のこなしに見惚れた。

まるで天女が青空の下で舞うがごとしだ。

覚えているのは、そこまでだった。

気付いたとき、文史郎は離れの部屋で、天女のふくよかな胸に抱かれていた。

乳房で息が詰まり、身動きもできない。

身動《みじろ》ぎしようとしたら、天女は文史郎の頭を抱えて囁いた。

「だめ。動かないで。このままじっとしていて」

天女の中は、ねっとりして、柔らかく熱く燃えていた。

じっとしていても快感が押し寄せてくる。

天女は髪を乱して何度も喘《あえ》いだ。

文史郎は天女の滑らかに動く裸身を見上げ、しばらく天にも昇る心地を味わっていた。

行灯の明かりの下、文史郎と交わったまま、あざみは文史郎を優しく見下ろして微笑んだ。

あざみは島田髷を解き、長い髪を裸身の背に流していた。

まだ酔いが回っているのか、手足が痺れていた。あざみを抱きたいのに、手足がだるくて動けない。

「しばらくすれば、薬が切れ、手足の痺れがなくなります」

あざみはいった。

「なに、余にくすりを盛ったというのか？」

文史郎はもつれる口でいった。

「はい。こうせねば、お殿様とゆっくりお話もできますまい」

「……おぬしは？」

「わたしは、葛の花の娘にございます」

「……葛の花の娘？」

文史郎は回らぬ頭で必死に考えた。

「久世達匡は、わたしの父にございます」

「な、なんと。達匡殿の娘か」

「でも、久世達匡は、身重の母葛の花を裏切り、無惨にも捨てた憎き男。もはや、わたしの父とは思いません」

「…………」

「今夜、お殿様にお礼を申し上げたかったのは、憎き織田勇之典を討っていただいたことです」

「城代の織田か?」

「はい。織田は、いま筆頭家老相馬蔵之丞といっしょになって、父久世達匡に母葛の花が、ほかの男の子供を孕《はら》んだとあらぬ噂を吹き込み、父の嫉妬心を煽《あお》り、あまつさえ廓金貴楼に直接火付けまでした張本人にございます」

「ううむ」

「織田には、焼け死んだ廓の遊女や禿《かむろ》、乳飲み子たち百余人の怨みつらみがかかっておりました」

「…………」

「これまで織田を討ち果たそうと、我が一族の手練《てだれ》が挑んだものの、何人もが返り討ちにされて来たのです」

「……そうであったか」

文史郎は目を閉じた。

居合いで抜き打ちに斬りかかった織田勇之典に咄嗟に切り返して倒したものの、間髪を容れぬ危うい勝負だった。もしかして、己が斬られていたかもしれない。

「母葛の花は、金貴楼の火事で、顔に大火傷《やけど》を負いながらも、若い者たちに助けられ、生き延びました。ですが、自分のために、大勢の遊女たちや、その乳飲み子、幼女の禿たちまでも死なせたと知って自分自身を責めたのです。わたしを産んだあと、それら亡くなった人たちや子供たちの魂の供養をしようと尼になったのです」

「もしや、遠寿院に籠もられた尼僧は……」

「はい。忍冬《すいかずら》と名を変えた母にございました」

「そういうことであったか」

「鬼子母神様はひどい火傷を負った母をお助けくださった守護神様です。母が生き延びたと知った筆頭家老の相馬蔵之丞たちは、密かに刺客を放ち、尼になった母までも追い回しました。入谷の鬼子母神様も、雑司ヶ谷の鬼子母神様も、逃げ込んだ尼の母を匿ってくださったお寺。中山の遠寿院法華経寺塔頭は、そんな母の御籠もりを許していただき、匿ってくださった寺院にございます」

「筑波の法華堂は？」

「若い衆が火事場から母を連れ出して運んだ廃寺です。そこにあった鬼子母神様のお陰で、瀕死だった母は、どうにか敵の目を逃れて、生き延び、わたしを無事産み落とすことができた。その法華堂の鬼子母神様はわたしと母の恩ある守護神でもあります。その法華堂を再興させたい、というのが我が一族の願いです」

「……その一族と申すのは？」

「白狐一族にございます」

「白狐一族？」

「遥か昔、和泉国《いずみのくに》信太の森に住んでいた白狐一族が流れ流れて、坂東の筑波山麓の奥に住み着いたのです」

「なぜに、おぬしの母上は遊女になられたのか？」

「白狐一族は流浪《るろう》の民《たみ》。諸国を流浪しながら、見目麗しい女は、昔から白拍子《しらびょうし》となるのがしきたりでした」

白拍子は平安の昔から、歌い舞う巫女の遊女として、天皇や貴族からも尊ばれ、都の宮廷にも出入りしていた。

「母は、その白拍子だったのでございます。そして、わたしも白拍子でございます」

「な、なんと」

「筑波の地に住み着いたわたしの祖先は、この地に流浪の民の歌垣《うたがき》を流布《るふ》しました。それが筑波の歌垣でございます」

「歌垣……」

筑波山の歌垣は大昔から、農閑期の夏祭りなどに、男女が山野や市などに集《つど》って、互いに歌を詠《よ》み交わしたり踊って遊ぶ行事だ。その最中、男女が互いを気に入れば、木陰や野原でおおらかに愛を交歓する。求婚求愛の行事でもあった。

「母上の葛の花はお元気か？」

「……先般、病で息を引き取りました。母は最期まで久世達匡を慕っておりました。そのこともあって、久世達匡を拉致し、母の墓前に謝らせ、せめてお詫びに五千両を鬼子母神様に寄進させようとしたのです」

あざみははっと顔を上げた。

「夜叉姫様」

外に気配があり、小さな声が呼んだ。

「もう帰らねばなりませぬ」

あざみは文史郎の顔をじっと見下ろした。そっと顔を寄せ、文史郎の口にいとおしそうに唇を合わせた。優しくて気持ちの籠もった長い口吸いだった。

唇を合わせながら、文史郎は、それが長いお別れになるのを感じた。

「夜叉姫様」

男の小声がまたきこえた。

あざみはようやく裸身を起こし、文史郎から離れた。長い髪が文史郎の顔を撫でて過ぎた。

あざみの裸身が行灯の明かりに、朧《おぼろ》に浮かび上がった。文史郎は、あざみの豊かな乳房やなだらかな腰の曲線の美しさに見とれた。

あざみは白い衣を纏い、見る見るうちに白装束姿になった。

髪をひっつめに後ろに束ね、根元で結び、馬の尾のように長い髪を背に流す。

あざみは身支度をしながらいった。

「文史郎様、法華堂には堂守《どうもり》がおります。その者は我が一族の長老。安心して、二千両をお預けください」

「うむ」

「そうなさったら、久世達匡の身柄はお返しいたしましょう」

文史郎はうなずいた。

「あざみ、また、おぬしに逢えるかい？」

あざみの身支度する手が止まった。

「きっと……」

あざみは、逢えるとも逢えないとも続けなかった。

きっと逢える！

文史郎はそう願った。

あざみの顔に哀しみの表情が浮かんでいるのを文史郎は見逃さなかった。
障子戸が音もなく開いた。
暗い庭を背に白狐の面を被った白装束姿の男たちが現れた。
七人の白狐党一味だった。
「夜叉姫様」
「……いま行きます」
あざみは哀しみを隠すように、そっと白狐の面を顔に付けた。
「あざみ」
文史郎は、震える手をあざみに延ばした。
だが、あざみは小さく頭を振り、物音も立てずに障子戸の外に歩み出た。
文史郎は力なく手を下ろした。
障子戸がまた音もなく閉められ、白狐たちの姿は見えなくなった。
男たちの気配が消えた。
どこかでフクロウが鳴いていた。
文史郎は目を閉じて、褞袍《どてら》についている、あざみの残り香をそっと嗅いだ。
もう二度と、あざみには逢えないような気がした。

四

「殿、殿！」

左衛門の呼ぶ声に、文史郎は目を覚ました。

離れの天井が見えた。

あたりは明るく、障子戸に陽が差している。

蒲団に起き上がった。手足の痺れはすっかり消えていた。

「殿、大丈夫でござるか？」

文史郎は慌てて周りを見回した。蒲団には寝乱れた跡があったが、あざみの姿はなかった。

夢だったのか？　それとも……。

縕袍を手に取り、襟元を嗅いだ。かすかに、甘くて芳しい香りがした。あざみの匂い。

夢ではなかった。あざみは確かにいっしょにいたのだ。

左衛門が襖の間から顔を出していた。

「殿は宴会の途中、気持ちが悪いとおっしゃって、芸妓に連れられ、離れにお戻りになられた。大門殿もそれがしも心配しておりましたが、優しい芸妓が介抱していたので、邪魔はすまいと気を利かせてそっとしておいた次第でござった」

「そうか」

文史郎は頭を掻いた。

記憶が飛び飛びになっている。宴席から、どうやって離れに連れて来られたのか、まったく覚えていない。

「いやはや。昨夜は飲みましたな」

大門が左衛門の後ろから顔を出した。

「拙者、飲んでいるうちに、記憶を失ったみたい。気が付けば、ここに寝ておりました」

「大門殿もか。それがしもだ。深酒で倒れたにしてはおかしいが、飲んでいるうちに、記憶がなくなってしもうた。年のせいか、と思ったが、大門殿もそうだとすれば、あの酒のせいかもしれぬな」

廊下から女将がにこやかな笑みを浮かべて現れ、部屋の出入口に座った。

「おはようございます。表に榊慎介様たちがお迎えに御出でになられておりますが」

「おう。おはよう。そうか。もう参ったか。朝寝坊などしている暇はなかったのう。女将、悪いが、榊たちにすぐに施療院に戻るので、出発の準備をしておくように伝えてくれぬか」

左衛門は浴衣の襟を直しながらいった。

「はい。ただいま」

女将は振り向き、女中を呼んで、左衛門の指示を伝えるように告げた。

女中ははきはきした態度で母屋に戻って行った。

「女将、昨夜、我らはとんだ醜態を曝《さら》したようだのう」

左衛門がいった。

女将は小首を傾げた。

「とんでもありません。お殿様をはじめ、皆様、いい酔いをなさっていて、芸妓や芸者の皆さんも、たいへん楽しいお客様だとよろこんでいらしたですよ」

「おう、そうか？」大門は嬉しそうに笑った。

「皆、いい芸妓だった」

「ほんとでござるな。芸妓と遊ぶのも悪くありませんな」

左衛門も頬を崩した。

「あの芸妓たちは、こちらの旅籠の方々か？」

「いえ。あの方々は近くの廓の遊女さんたち。お殿様たちのために、特別にお呼びしたのでございますよ」

文史郎が尋ねた。

「近くの廓と申すと、金貴楼のことか？」

「あら、お殿様はよく御存知で。金貴楼はだいぶ前に焼け落ち、いまはありません。いまある廓は、十年前に新しく造られた鶴亀楼《つるかめろう》という妓楼です」

「昨夜、拙者の相手をしてくれた、あざみという芸妓、女将は存じておるか？」

「あざみさん？　ああ、あのお綺麗な芸妓さんですね。そういえば、あの方は初めて見る顔でしたねえ」

「殿、昨夜の芸妓がよほどお気に召したようですな。拙者も脇で拝見しておりましたが、殿と仲睦まじく、まるで昔からの馴染み客のようでござった」

大門が羨ましそうに思い出し笑いをした。

左衛門もにやにやした。

「大門殿も、そう思われたか。それがしも、あのあざみとかいう芸妓と殿がいつになく親しげだったので、気持ちが悪くなったとおっしゃっても、きっと仮病だろうと思いましたな。それで殿は、あの芸妓に抱えられるようにして、部屋に引き揚げて行かれた。羨ましい」

「……それがしも、すぐには信じられないのだが、いろいろきかされてな。……」

「芸妓の寝物語ですか」

大門がにやりと笑った。

「そうなのだが……詳しくはあとで話そう」

文史郎は頭を振った。まだ、あざみからきかされたことの整理がついていない。何から、どう話せばいいのか、分からないでいた。

「皆様方、番頭たちに、お蒲団を上げさせましょう。そして、ご朝食をお運びいたします」

女将は立ち上がり、大声で番頭を呼んだ。

母屋から返事があり、番頭たちが足早に駆け付ける気配がした。

五

身の代金二千両を背に載せた荷馬は、馬丁たちに牽かれて緑豊かな雑木林の中の小道を静々と歩んでいた。

文史郎は馬に乗り、行列の先頭を進んだ。

そのあとに続いて榊慎介の一番隊が歩く。

後備は、近藤卓馬の二番隊だ。

隊列の殿《しんがり》を、大門と左衛門の二騎が進む。

文史郎は、あざみとの一夜を思い出した。あざみの裸身が目の奥にちらついていた。

あざみは葛の花の娘だといっていた。

あざみの美しい面立ちから想像するに、母の葛の花も、さぞ美しい白拍子だったに違いない。

ふと文史郎は我に返った。

先鋒の牧原が、小道の途中に立って脇道を指差していた。

「ここから獣道《けものみち》でござる」

牧原は、それだけいうと、草茫々の脇道に走り込んで姿を消した。

「殿、この先、しばらく道無き道でござる」

後ろから榊慎介の声がきこえた。

かつては、筑波山に登る山道の一つだったのだろう。いまは法華堂も廃寺となり、この山道を使う人はいなくなり、道は荒れ放題になっている。

樹間から筑波山の岩だらけの山頂が垣間《かいま》見える。風が出てきたらしい。

楢やくぬぎの葉が揺れ、ところどころに咲いている山桜の花が風に舞い散っていた。

山道は行けども行けども鬱蒼とした樹林が続く。次第に山を登っているのは分かる。

時折、干上がった川底に降りたり、急な岩の斜面を登ったりする。

一行は黙々と進んだ。

文史郎はふっと獣の気配を感じ、手を挙げて隊列を止めた。

眼前の笹藪が揺れ、子連れの羚羊《かもしか》が現れた。羚羊の親子は、一瞬文史郎たちを警戒して立ち止まったが、危険はないと思ったらしく、悠然と目の前を横切り、雑木林に姿を消した。

「間もなく法華堂でござる」

榊慎介が後ろから告げた。

「うむ」

文史郎は再び馬を進めた。

前方の楠の大木の陰から、先鋒の牧原と児島の二人が現れ、手招きした。

文史郎は馬の腹を鐙で蹴り、早足で楠に急いだ。

楠の陰に斜めに傾いだ木の鳥居が立っていた。

「殿、こちらでござる」

児島が手で鳥居から始まる空き地を差した。

草茫々の境内が見え、参道の石畳が草の間に見え隠れしている。

その先に瓦屋根の寺院が建っていた。

目的地の法華堂だ。人気《ひとけ》なく静まり返っている。

「殿、法華堂には、堂守の老人が一人おります」

「うむ」

あとから、荷馬を引き連れた一行が文史郎のところに追い付いた。

「周りには、誰か潜んでおらぬか?」

「ざっと見回りましたが、誰もおりませぬ」

児島が答えた。

「近藤、二番隊を見張りにつけろ。周囲に気をつけるんだ」

文史郎は近藤卓馬にいった。

「承知」

近藤は二番隊の小松たちに四方に散るように指示を出した。

文史郎は鳥居を潜り、馬を境内に進めた。

あとから榊たち一番隊、馬丁たちに牽かれた荷馬と、左衛門、大門の騎馬が続く。

法華堂の前庭は綺麗に草が刈られていた。文史郎は馬を下りて、庭のさくらの木に手綱を結んだ。

左衛門も大門も下馬し、それぞれ、馬を木々に繋ぐ。

法華堂の中から、静かな読経の声が漏れてくる。

文史郎は堂の扉の前に立ち、大声でいった。

「御免くだされ」

読経の声がやみ、しばらくして、扉が軋みながら開けられた。

山羊《やぎ》のような白髯を生やした老侍が扉の陰からのっそりと現れた。痩せ形だが、腰はしっかりと伸びており、矍鑠《かくしゃく》としている。

目付きは鋭く、只の老人ではない。

「どなたですかな？」

「信太藩の代理の者で、相談人大館文史郎と申す。こちらへ寄進物をお届けに参った」

「して、寄進なさる物とは？」

「藩主久世達匡殿の身の代金二千両でござる」

「…………」

堂守は目をぎょろりと光らせ、二頭の荷馬の背を見た。

「では、御寄進物を堂内に運び、仏前にお供えくだされ」

文史郎は榊たちに、堂守からいわれた通りに従うようにいった。

榊たちは、重い千両箱を荷馬の背から下ろし、堂の入り口から中へ運び込んだ。

文史郎と左衛門は、薄暗い堂の中に足を踏み入れた。

何本もの太い蠟燭の灯が堂内を明るく照らしていた。

堂の正面に、阿弥陀如来像を守るかのように、鬼の形相をした鬼子母神像が立っていた。

鬼子母神の気迫に、榊たちは一瞬気後《きおく》れした様子だった。

「そちらへ」

堂守は仏壇の前にあったお供え物の台に、千両箱を置くように指示した。

榊たちは重い千両箱を台の上に並べて供えた。供え終わると、榊たちは阿弥陀如来像と鬼子母神像に手を合わせた。

文史郎も左衛門も大門も榊たちといっしょに手を合わせ、久世達匡の無事を祈った。

堂守は千両箱の蓋を開け、それぞれの中身を調べた。

「確かに二千両、御寄進いただきました」

堂守は大きくうなずいた。

左衛門が何かを思いついたかのように堂守を振り向いた。

「ところで、堂守殿、おぬしはほんとうに白狐党の者なのでござろうな」

「しかり。……そうではないとお疑いか？」

堂守は苦笑いしながら顎の白髯を撫でた。

「白狐党の者である証拠をお見せくだされ。でないと、この二千両を寄進はいたさぬ」

「爺、あざみからきいた。堂守を信用しよう」

文史郎は左衛門を諭すようにいった。

「殿、久世達匡殿の命がかかった二千両ですぞ。もし、万が一にも、堂守が白狐党の者でなかったら、どうなさるのです？　金は盗られる、久世達匡殿は救い出せない。そんなことになったら、一大事でござろう」

大門も左衛門に賛同した。

「そうでござる。殿、この堂守が、もし白狐党一味の者ではなく、筆頭家老の手先だったら大変でござるぞ」

「……それはそうだが」

文史郎も内心、少々不安になった。

「心配ご無用」

突然、鬼子母神像を祀った仏壇の背後から、白装束の人影が躍り出た。

天井の梁《はり》からも、つぎつぎに白装束の人影が飛び降りた。

総勢五人。

全員が白狐の面を被っていた。

文史郎は五人の白装束たちを眺め回した。

あざみらしい女形の白装束はいない。

頭らしい白装束が白狐の面をかなぐり捨てた。

「拙者は、白狐党頭領葦原左近之介。こちらの堂守は、我が一族の長老安倍正明様だ」

「安倍セイメイ殿だと」文史郎は訝った。

「遠い昔に遡れば、宮廷の陰陽師安倍晴明は我らが祖先。長老の安倍正明様は、その血脈に繋がる子孫だ」

「なに、安倍晴明の子孫だというのか」

文史郎は左衛門、大門と顔を見合わせた。

葦原は堂守とうなずき合った。

「確かに身の代金二千両は受け取った。久世達匡の身柄をお返ししよう」

「どこに久世達匡殿はおられる？」

「ここにはいない。久世達匡の身柄は、夜叉姫が預かっておる。二千両を受け取ったことを報せれば、すぐに夜叉姫が久世達匡を解き放とう」

「夜叉姫は、どこにおる？」

葦原は、文史郎に向き直った。

「おぬしが、文史郎か？」

葦原は文史郎を指差し、呼び捨てした。

文史郎は、少々むっとしたが、うなずいた。

「しかり」

「文史郎、おぬしにいっておく。あざみは、それがしの許嫁《いいなずけ》だ」

「なに、あざみは、おぬしの許嫁だというのか？」

「いかに歌垣であったといえ、我が許嫁のあざみを抱くとは、許せぬ」

葦原は嫉妬に燃えた憤怒の顔で文史郎を睨んだ。

左衛門と大門は文史郎を振り向いた。

「殿の敵娼《あいかた》だった芸妓はあざみと申しておりましたな」

「まさか、あの芸妓が……」

文史郎は頭を振った。

「おぬしの許嫁とは知らなかった。そうであったなら、申し訳ない」

葦原はひらりと仏壇から文史郎の前に飛び降りた。

榊慎介たちが、文史郎を守ろうと、刀を摑み、葦原の前に走り出た。

「ほほう。やる気か」

葦原は嘲ら笑った。

ほかの白装束たちも、葦原の背後に並んだ。

文史郎は榊たちの小袖の襟首を摑み、引き戻した。

「皆、待て。おぬしらの敵ではない」

左衛門と大門が、文史郎の両脇に進み出た。

突然、堂の外で大声が上がった。

「殿、殿！」

近藤卓馬たちの危急を告げる声だった。

「榊、一番隊を連れて、外を見て来い」

文史郎は葦原たちを睨みながらいった。

榊慎介は、一番隊の面々と、堂の外へ駆け出して行った。

長老の安倍正明が立ち上がり、葦原と文史郎の間に割って入った。

「葦原、大館殿、夜叉姫を巡っての、おぬしたちの私闘、しばし、わしに預からせてくれぬか。いまは二千両と久世達匡殿の交換をいかにするかが先決だ」

「よかろう。長老にお任せいたす」

葦原は憮然としながらも、うなずいた。

「拙者も安倍殿にお預けいたそう」

文史郎ははじめから葦原と争うつもりがなかった。

「殿、来てくだされ」

榊慎介が戸口で怒鳴った。

外にたくさんの馬蹄の音が響いていた。

「何ごと?」

文史郎は戸口に駆け付け、外に飛び出した。左衛門と大門もあとに続いた。

文史郎たちのあとから、葦原たちも躍り出た。

法華堂の境内に、騎馬の一群が乗り込んでいた。

騎馬隊を率いているのは、筆頭家老の相馬蔵之丞だった。

相馬は馬上で哄笑した。

「白狐どもめ、まんまと餌に飛び付いたな。一網打尽にしてくれぬ。皆の者、かかれ！」

馬上から陣笠を被った侍が飛び降りた。

物頭の海老坂小次郎だった。

「相談人、ご苦労様でござった。これより先は、我らにお任せあれ」

海老坂は手を挙げた。それを合図に、参道から境内に黒装束の一団がなだれ込んだ。

その数四、五十人。いずれも、すでに抜刀していた。殺気が押し寄せて来る。

「筆頭家老のご命令だ。そこの藩士たち、手向かいいたせば、我らお庭番、容赦しないぞ。反逆分子として処断する！」

榊慎介や近藤卓馬たちは、海老坂の脅しに震え上がり、身を寄せ合っていた。

「おのれ、計ったな。相談人どもめ」

葦原は文史郎を非難した。

文史郎は相馬蔵之丞に叫んだ。

「筆頭家老、話が違うぞ。久世達匡殿の身の代金二千両を払うことに反対せず、手出しもしない約束だったはずだ」

相馬は馬上から怒鳴った。

「笑止千万《しょうしせんばん》。そんな約束はした覚えない。物頭、こやつらを殺《や》れ。白狐党一味は皆殺しだ。一人も逃さず始末しろ。抵抗する者は相談人といえども斬ってよし」

海老坂は何も言わず、刀を抜いた。海老坂は黒装束たちに大声で命じた。

「白狐党一味は、みな斬って捨てよ。かかれ!」

黒装束たちは一斉に動き出し、文史郎たちの後ろにいる白狐党に襲いかかろうとした。

「待て。約束の反古《ほご》は許さぬ。白狐党を討つなら、それがしたちがお相手いたす」

文史郎は抜刀し、刀の嶺を返した。

左衛門が文史郎の脇で刀を構えた。

大門も頭上で六尺棒をぶんぶんと振り回しはじめた。

黒装束たちは、一瞬たじろいだが、すぐに態勢を立て直し、三方から文史郎たちを囲んだ。

葦原をはじめとする白装束たち五人は、文史郎の後ろに散開して、お庭番の攻撃に備えた。

「おのれ、相馬蔵之丞、ここで会ったが百年目。葛の花の仇だ、尋常に勝負しろ！」

葦原左近之介が怒鳴りながら、文史郎の前に躍り出た。葦原は刀を振り回し、馬上の相馬に斬り付けた。

一瞬のことに、馬は驚いて後ろ肢立ちになり、前肢を振るった。相馬はどうっと馬の背から落ちた。

「え、海老坂、助けてくれ」

相馬は尻餅をつきながら叫んだ。

物頭の海老坂が走り出て、落馬した相馬を背後に庇った。

葦原は刀を右八相に構えた。海老坂は青眼《せいがん》に構え、睨み合った。

海老坂は叫ぶようにいった。

「誰も手出し無用。この勝負、我ら二人でつける」

「おもしろい。拙者は白狐党頭領葦原左近之介。貴殿は？」

「物頭の海老坂小次郎。おぬしらに斬られた供侍は、それがしの可愛い門弟たちだった。彼らの仇を討つ。覚悟していただこう」

「何をいうか。おぬしこそ、葛の花の仇を討つ邪魔をしおって」

二人は睨み合った。

間合い二間。

黒装束も文史郎たちも、二人の立ち合いを遠巻きにして、固唾《かたず》を呑んで見守っている。

文史郎は、二人の技倆を推し量った。

二人ともほぼ互角。あとは一瞬の気迫の差か？

先に動いたのは、海老坂だった。

裂帛《れっぱく》の気合いを発し、海老坂の軀が滑るように葦原に突進した。

葦原の軀が飛び上がり、刀を海老坂に切り下ろした。

刀で刀を受ける火花が飛び、金属音が立った。

海老坂が反転し、切り返す。葦原が海老坂の刀を切り落とし、返す刀で下から上段に切り上げた。

海老坂は逃げずに葦原の胸に突きを入れた。だが、一瞬遅れていた。

二人の動きが止まった。葦原と海老坂は背中合わせになっていた。葦原は残心の構えに入っていた。

一方の海老坂は喉元を斬り上げられ、真っ赤な血が噴き出し、膝から崩れ落ちた。

葦原は血刀を下げて、相馬の前に立った。

相馬はおろおろし、黒装束たちの陰に隠れようとした。

「相馬蔵之丞、覚悟せい」

葦原は刀を構えた。黒装束たちが刀を振るい、葦原に斬りかかった。

葦原の刀が一閃、二閃した。たちまち黒装束の二人が朱に染まって倒れた。

続いて、三、四人の黒装束が躍りかかった。

白装束たちが加勢し、彼らも斬り倒された。

「相談人、助けてくれ」

相馬は文史郎の足元に転がり込んだ。

「待て。葦原、話し合おう」

左衛門も大門も止めに入った。

文史郎の足元で、相馬が身を縮めていた。

「これこの通り、相馬殿には戦意がない。斬っても仕方あるまい」

「黙れ。相談人、邪魔するか。邪魔するなら斬る」

葦原は刀を八相に構えた。文史郎は刀を下げ持っているものの、立ち合う気持ちはさらさらなかった。

「どけ。相談人、どかぬか。相馬、相談人の陰に隠れて卑怯だぞ。立て。立って、それがしと闘え」

「待て。話し合おう。話せば分かる」

文史郎は両手を広げ、葦原の前に立ちはだかった。

「どけ。どかぬか。どかねば、おぬしを斬る」

葦原は八相に構えたまま、じりじりと文史郎に足を進めた。

猛烈な殺気が迸《ほとばし》った。文史郎も咄嗟《とっさ》に刀を相八相に構えた。

「殿、拙者が……」

左衛門が二人の間に割って入ろうとした。

いきなり、葦原の軀が飛んだ。刀が左衛門の頭越しに文史郎に振り下ろされた。

文史郎は左衛門の軀を突き飛ばし、横に逃れた。一瞬の差で、葦原の刀が空を切って過《よぎ》った。

葦原は振り下ろした刀を返し、そのまま文史郎の胸元に突き入れた。文史郎は逃げずに刀を下段から切り上げ、葦原の胴を深々と抜いていた。

鮮血がどっと文史郎の軀に降りかかった。

仕舞《しま》った。斬ってしまった。

文史郎は急いで、葦原に駆け寄ろうとした。

葦原はよろよろしながら、後ずさった。

「とどめだ！」

いきなり相馬が背後から躍りかかり、刀を振り下ろした。

「おのれ！　卑怯な」

葦原はよろめきながら、文史郎に歩み寄った。

「なにが仇だ。さっさと地獄へ行け」

相馬は葦原の背後から刀を突き入れた。刀は深々と葦原の軀を貫き、刃先が文史郎にまで及ぼうとした。

「卑怯な」

文史郎は咄嗟に刀を返し、相馬の胴を斬り払った。

相馬は思わず刀をぽろりと落とした。

「…………」

相馬は何が起こったのか分からぬような顔で、その場に崩れ落ちた。

葦原は白装束たちに抱え起こされていたが、すでに事切れていた。

左衛門が大声で黒装束と白装束双方に怒鳴った。

「双方とも引け。筆頭家老も物頭も白狐党の頭領も死んだ。これ以上、無益な殺生はするな。引け引け、引くんだ」

左衛門の声に、黒装束たちは互いに顔を見合わせ、引き揚げはじめた。

白装束たちも、頭領の亡骸《なきがら》を抱え、じりじりと後退して行く。

文史郎は、堂守の老侍を振り向いた。

「二千両は、約束通りこちらに寄進いたした。白狐党も約束通りに久世達匡殿を返してほしい」

「承知した。夜叉姫から、おぬしに返事が行くであろう」

老侍はうなずいた。

文史郎は、疲れがどっと出て、その場に座り込んだ。

「殿、どうなされた?」

「大丈夫でござるか?」

左衛門と大門が文史郎に話しかけた。

文史郎は悲しかった。

斬ってしまった。あざみの許婚を斬ってしまった。咄嗟だったとはいえ、なぜ、葦原を斬ってしまったというのか？

悔やんでも、もはや取り返しがつかない過ちだった。

文史郎はしゃがんだまま、呆然と、大地に染み込んだ血溜りを見つめていた。

六

翌日、約束通り、さくらの古木の下で、ぼんやりしている久世達匡が見つかった。

久世達匡は、迎えた次席家老室井や御典医順庵の問いかけにも、虚ろな顔で答えなかった。

久世達匡は、まだ夢を見ているかのように、何度も葛の花の名前を呟いていた。

達匡の着物の懐に、文史郎に宛てたあざみの文が差し込んであった。

文史郎は手紙を開き、一読して、あざみの心が分かった。

それは、果たし状だった。

場所は、筑波山女体山の山頂。

日時は、明朝の辰の刻（午前八時）。

手紙には、母葛の花の仇である相馬蔵之丞を討ってくれたことへの感謝の言葉が書かれていた。

文史郎が許婚の葦原左近之介を斬ったことへの怨みも綿々と綴られていた。許嫁として、葦原の怨みを晴らさざるを得ないことも記されていた。

あざみは、一夜互いを求めて愛し合った思い出には、一言も触れていなかった。

文史郎は迷った。

果たし合いに行かずに、江戸へ逃げ帰ることもできる。たとえ、卑怯者呼ばわりされても、あざみと戦わないで別れることができる。

だが、どうしても、一目でいい、あざみに逢いたかった。逢って、一言礼と別れを告げたかった。

あざみは、久しぶりに文史郎の心をときめかせた女だった。あざみに逢うまでの自分は生きる屍《しかばね》のような存在だった。それを蘇《よみがえ》らせてくれた女だった。

その晩、文史郎は一睡もできず、深夜まで悶々としていた。

七

文史郎は、まだ暗いうちから、信太藩の城下町を出立した。

筑波山への山道を登りはじめて、半刻、朝が白々と明けはじめた。

東の空に太陽は見えない。

鼠色の分厚い雨雲がどんよりと空を覆っていた。

筑波山の山頂は霧に覆われていた。

文史郎は、つづら折りの急な山道をゆっくりと登った。

一歩踏み出すたびに足下の小石が崩れて、急な斜面の岩場を転がり落ちて行く。

六根清浄《ろっこんしょうじょう》、六根清浄……

文史郎は六角棒を突きながら、筑波山の主峰男体山《なんたいさん》の頂上をめざしていた。

巨岩があちらこちらに岩肌を剝き出しにしており、小道がその巨岩群の隙間を縫うようにして続いている。

立会人の左衛門も大門も、文史郎のあとから必死に歩を進めている。

霧のような細かな雨が岩肌を濡らし、鈍い光沢を放っていた。

風が出てきたらしく、山頂の霧が吹き払われ、赤い鳥居や小さな社《やしろ》が見えてきた。

修験道は途絶え、巨大な岩石がそそり立って、行く手を阻んでいた。

これまでのような岩を迂回するような脇道はない。頂きへ上がるには、目の前の家ほどもある巨大な岩を、岩の突起や窪みを手がかり足がかりに、直接よじ登るしかない。

岩場には上から修験者たちの使う荒縄が垂らしてあった。

文史郎は立ち止まり、深呼吸をして呼吸を整えた。

「爺、もう一息だ」

「……いやはや老体には修験道は堪えますなあ」

あとから上がって来た左衛門は、六角棒にすがるようにして、その場にしゃがみ込んだ。大きく肩で息をついている。

「ははは、この直登はきついですなあ。土方《どかた》仕事よりもえらくきつい」

大門もさすがに疲れた様子で、近くの岩にどっかりと腰を降ろした。

「大門、上へ行ったら、いくらでも休める。参るぞ」

文史郎は六角棒を置き、荒縄を両手で摑み、力をこめて、ぐいぐい引っ張った。どこかに結びつけてあるらしく、人ひとりがぶら下がっても、切れることはなさそうだった。

文史郎は荒縄を摑み、岩をよじ登った。

八

筑波山の男体山の山頂。

文史郎はようやく山頂に立った。

晴れた日なら、坂東の平野が一望にできるが、今日は筑波山を取り囲む霧や雲で切れ間から葦が生えた大地の一部が見えるだけだった。

向かい側にやや低い女体山の山頂が、霧の中に見え隠れしている。

頂きの巨岩の上に、白装束姿の女人がひとり佇んでいた。

白鉢巻をきりりと締めている。黒髪を後ろで髷のように束ねて結び、背に長い髪を流している。白帷子に白袴。着物の襟から赤い襦袢がちらりと覗いている。

両手に小太刀をだらりと下げている。

あざみだった。

遠目にも美しい。

文史郎は唇を噛みしめた。

なぜ、あざみは果たし合いをしようというのだ？

斬りたくない、と文史郎は心の中で思った。

「あざみ……」

文史郎は目を瞑り、あざみの憂いを含んだ麗しい面影を脳裏に描いた。

女剣士あざみの剣捌きは、まるで舞踊を舞っているかのように華麗だった。

夢刀流秘太刀葛の葉。

文史郎は一度だけ、秘太刀葛の葉を見ることができた。

若侍姿のあざみは踊るように、相手に踏み出した。

相手の侍は青眼の構えから右八相に換え、あざみの初太刀を受け流し、切り返そうとしていた。

斬りかかる寸前、あざみのしなやかな肢体は、髪を無造作に後ろで束ね、背に流した黒髪を宙に翻した。黒髪はふんわりと天女の羽衣のように広がり、宙を翔んだ。目にも止まらぬ動きで、白刃が一閃して、きらめき、あざみの肢体がくるりと宙で回転した。

果たし合いの侍は、あざみが着地すると同時に、上段から斜め袈裟懸けに斬られ、地面に崩れ落ちていた。

あのとき、剣は、上段から、どう振り下ろされたのか？　分からぬ。

文史郎はしっかり目に納めたはずだが、思い出せなかった。

目を開くと、女体山のあざみの姿は消え失せていた。

押し寄せる霧に隠れて移動したか？

「殿、お気をつけて。地の利はあちらにあります」

左衛門が背後から声をかけた。ようやく髯の大門も頂きに上がって来た。

「分かっておる。二人とも、一切手出し無用。よいな」

文史郎は左衛門と大門に念を押した。

おそらくあざみは女体山で待ち受けているはずだ。

文史郎は懐から出した黒鉢巻を額にあてて、きりりと結んだ。

刀の下緒《さげお》で手早く襷掛けをした。

「殿、ご用心を」

左衛門が心配顔でいった。

「心配いたすな。二人ともここで待て」

文史郎は左衛門に言い置き、女体山に連なる尾根に広がる御幸ヶ原《みゆきがはら》の坂を下りはじめた。

足許には、紅紫色の花をつけた草が密生し、風に揺れていた。

お花畑の中を一本の小道が女体山に伸びている。

文史郎はゆっくりと歩を進めた。

女体山の岩の頂きまで来たとき、周囲の岩陰から、白装束の修験者たちが一人、また一人と姿を現した。

いずれも、手に六角棒を携え、文史郎を遠巻きにしている。

いつの間にか、修験者たちの数は七人になった。

「殿ぉ」

「御加勢いたすぞ」

左衛門と大門の声が背後からきこえた。

修験者たちは、一斉に六角棒を水平に構え、左衛門と大門を牽制した。

左衛門と大門が男体山の頂きから駆け降りて来る。

「爺、大門、動くな。それ以上来るな」

文史郎は振り返り、両手を広げた。

左衛門と大門は足を止めた。

文史郎は女体山に向き直った。

正面の岩の上に、白装束のあざみが立っていた。

「お待ち申しておりました」

あざみは静かな声でいった。

「あざみ、どうしても、余と立ち合うというのか？」

文史郎は岩の上のあざみに呼びかけた。

「はい。どうしても」

あざみは白い顔に親しげな笑みを浮かべた。

文史郎はあざみの翻意に最後の望みをかけた。

「おぬしとは添い寝した仲ではないか。それがしには、とても、おぬしを斬ることはできぬ」

「……致し方がありません」

あざみは哀しげに目を伏せ、徐々に両手の小太刀を八の字に開いた。

「どうしても、立ち合わねばならぬのか？」

「はい。どうしても、文史郎様のお命頂戴仕《つかまつ》らねばなりません」

「なぜに？」

「そのような運命なのです」

文史郎はあざみの躯から殺気が迸り出るのを感じた。

「参ります」

その声と同時に、あざみの白い姿が宙に飛んだ。

一団の霧が吹き寄せ、あざみの姿を消した。

来る！

文史郎は跳び退き、大刀を抜いた。

秘太刀葛の葉。

小太刀上下二段の構えだ。

霧を切り裂いて小太刀の刃が上段から文史郎を襲った。

その初太刀を避け、下段から襲ってくる二の太刀を撥ね上げた。刃と刃がぶつかり合う太刀音が響いた。

霧が吹き払われ、目の前にあざみの姿が現れた。

二の太刀を撥ね上げると同時に、今度は斜め上段から三の太刀が斬りかかる。

文史郎は咄嗟には避けきれず、あざみの切っ先が小袖を切り裂くのを覚えた。一瞬、身を捩《ねじ》り、刃から逃げた。鮮血が切られた小袖の胸を濡らした。

文史郎は跳び退き、あざみとの間合いを取り、刀を下段後方に引いた。刃を返し、上向きにする。

「秘剣引き潮でございますね」

あざみの凛とした声が響いた。

文史郎はうなずいた。

「もし、おぬしに斬られても、悔いはない。むしろ、本望だ」

「それをおききして、わたしも安堵しました。わたしも、文史郎様に斬られるなら本望にございます」

あざみはかすかに笑みを浮かべ、小太刀を上下二段に構えた。猛烈な殺気が迸り出た。

文史郎はじりじりと刀の先を引く潮のごとく引いた。波頭が盛り上がり、満を持してぎりぎりまで堪えて待つ。それが一気に崩れ落ちて相手を討つ。

目の端に霧が吹き寄せて来るのが見えた。

霧があざみの軀を隠す一瞬が勝負だ、と文史郎は悟った。

あざみなら斬られよう。相討ちで死んでもいい。

文史郎は覚悟を決め、目を瞑った。

心眼であざみを見る。五感のすべてを奮い、全身全霊、あざみを思った。

霧が吹き寄せて来る。

あざみの軀が動き、上下から小太刀が襲ってくるのを感じた。裂帛の気合いが耳朶《じだ》を打った。

文史郎は逃げずに、引き絞った刀の力を解き放った。刀は一閃し、上段からあざみに斬り下ろされた。

手応えがあった。

血潮が文史郎にかかった。

小太刀が文史郎の肩に振り下ろされるのを感じていた。激痛が肩を襲った。思わず刀を落とした。

相討ちか？

目を開けると、霧の中で崩れ落ちたあざみの影が見えた。

「あざみ！」

「文史郎様」

文史郎は我を忘れて、あざみに駆け寄った。

あざみの軀には、肩口から袈裟懸けに斬り下ろされた刀傷があった。血潮が傷口から溢れ出ていた。

もう助からないと思った。

「殿、殿」

「あざみ殿」

左衛門と大門の駆け付ける声がきこえた。

文史郎はあざみの軀を抱え起こした。

あざみは小声でいった。

「寒い。……凍えそう」

あざみの軀は震えていた。

文史郎はあざみの軀をしっかりと抱き締め、温めようとした。

「……恐い、文史郎様、……恐い」

「あざみ、大丈夫だ。それがしがずっとついておるぞ」

あざみはかすかに微笑んだ。あざみは文史郎の胸に顔を押しつけた。

「……あざみは……うれしい」

あざみは目を閉じた。それがあざみの最期の言葉だった。

あざみの軀から力が抜けていく。

「あざみ……」

文史郎は言葉が詰まった。

周囲に立っていた修験者たちが静かに去って行く。

入れ替わるように、左衛門と大門が息急き切って、山頂に駆け上がって来た。

「殿、殿、ご無事か」

「殿もお怪我をなさっておられる」

左衛門と大門は、文史郎とあざみの様子を見て、立ち尽くした。

山頂を覆っていた雲が切れ、坂東平野が一望に見えた。遠く富士山の山容も望める。

雲の切れ目から黄金色の陽光が差し込み、あざみと文史郎に注がれた。

「あざみ、いっしょに戻ろう」

文史郎はあざみを背負い、山頂からゆっくりと山道を下りはじめた。

左衛門と大門があとから黙ってついて来る。

岩山を吹き抜ける風が虎落笛《もがりぶえ》のような音を立てた。

文史郎はふと足を止め、眼前に広がる緑の樹林に目をやった。左衛門も大門も気付いた。

一匹の白い女狐が森の端に佇み、あざみを背負った文史郎をじっと見ていた。女狐の後ろの笹藪には、何匹もの白狐の群れが見え隠れしている。

白い女狐は顔を上げて、「ケーン」と一声鳴いた。それから、女狐は向きを変え、尻尾を揺らしながら、ゆっくりと仲間たちの群れに戻って行った。

白狐たちの群れは、森の奥へ姿を消した。また霧がどこからか吹き寄せ、森を隠した。

「あざみ、おぬしの魂は仲間たちのところに帰って行ったか」

耳元にあざみの囁きがきこえたような気がした。

恋しくば尋ね来てみよ　筑波なる信太の森のうらみ葛花《くずはな》

どこからか、さくらの花弁が風に吹き寄せられて宙に舞った。

文史郎はあざみを背に、さくらの花が散る中を、静かに歩き続けた。

時代小説

二見時代小説文庫

秘太刀《ひだち》 葛《くず》の葉《は》 剣客相談人《けんかくそうだんにん》14

著者 森《もり》 詠《えい》

発行所 株式会社 二見書房
東京都千代田区三崎町二-一八-一一
電話 〇三-三五一五-二三一一［営業］
〇三-三五一五-二三一三［編集］
振替 〇〇一七〇-四-二六三九

印刷 株式会社 堀内印刷所
製本 ナショナル製本協同組合

 ISBN978-4-576-15069-7
http://www.futami.co.jp/

剣客相談人 長屋の殿様 文史郎

森詠［著］

若月丹波守清胤、三十二歳。故あって文史郎と名を変え、八丁堀の長屋で爺と二人で貧乏生活。生来の気品と剣の腕で、よろず揉め事相談人に！ 心暖まる新シリーズ！

狐憑きの女 剣客相談人2

森詠［著］

一万八千石の殿が爺と出奔して長屋して暮らし。人助けの万相談で日々の糧を得ていたが、最近は仕事がない。米びつが空になるころ、奇妙な相談が舞い込んだ！

赤い風花《かざはな》 剣客相談人3

森詠［著］

風花の舞う太鼓橋の上で旅姿の武家娘が斬られた。釣り帰りに目撃し、瀕死の娘を助けたことから「殿」こと大館文史郎は巨大な謎に渦に巻き込まれてゆくことに！

乱れ髪 残心剣 剣客相談人4

森詠［著］

「殿」は大川端で心中に見せかけた侍と娘の斬殺死体を釣りあげてしまった。黒装束の一団に襲われ、御三家にまつわる奥深い事件に巻き込まれていくことに…！

剣鬼往来 剣客相談人5

森詠［著］

殿と爺が住む八丁堀の裏長屋に男装の女剣士が！ 大瀧道場の一人娘・弥生が、病身の父に他流試合を挑む凄腕の剣鬼の出現に苦悩し、助力を求めてきたのだ。

夜の武士《もののふ》 剣客相談人6

森詠［著］

裏長屋に人を捜してほしいと粋な辰巳芸者が訪れた。札差の大店の店先で侍が割腹して果てた後、芸者の米助に書類を預けた若侍が行方不明になったのだというが…。

笑う傀儡《くぐつ》 剣客相談人7

森 詠［著］

両国の人形芝居小屋で、観客の侍が幼女のからくり人形に殺される現場を目撃した殿。同じ頃、多くの若い娘の誘拐事件が続発、剣客相談人の出動となって……。

七人の剣客 剣客相談人8

森 詠［著］

兄の大目付に呼ばれた殿と爺と大門は驚愕の密命を受けた。江戸に入った刺客を討て！ 一方、某大藩の侍が訪れ、行方知れずの新式鉄砲を捜し出してほしいという。

必殺、十文字剣 剣客相談人9

森 詠［著］

侍ばかり狙う白装束の辻斬り探索の依頼。すでに七人が殺され、すべて十文字の斬り傷が残されているという。背後に幕閣と御三家の影⁉ 殿と爺と大門が動きはじめた！

用心棒始末 剣客相談人10

森 詠［著］

大川端で久坂幻次郎と名乗る凄腕の剣客に襲われた殿。折しも江戸では剣客相談人を騙る三人組の大活躍が瓦版で人気を呼んでいるという。はたして彼らの目的は？

疾《はし》れ、影法師 剣客相談人11

森 詠［著］

獄門首となったはずの鼠小僧次郎吉が甦った⁉ 殿らのもとにも大店から用心棒の依頼が殺到。そんななか長屋に元紀州鳶頭の父娘が入居。何やら訳ありの様子で…。

必殺迷宮剣 剣客相談人12

森 詠［著］

「花魁霧壷を足抜させたい」——徳川将軍家につながる田安家の嫡子匡時から、世にも奇妙な相談が来た。しかし、花魁道中の只中でその霧壷が刺客に命を狙われて…。

賞金首始末 剣客相談人13
森 詠［著］

女子ばかり十人が攫われ、さらに旧知の大名の姫が行方不明となり捜してほしいという依頼。事件解決に走り回る殿と爺と大門の首になんと巨額な賞金がかけられた！

進之介密命剣 忘れ草秘剣帖1
森 詠［著］

開港前夜の横浜村近くの浜に、瀕死の若侍を乗せた小舟が打ち上げられた。回船問屋の娘らの介抱で傷は癒えたが記憶の戻らぬ若侍に迫りくる謎の刺客たち！

流れ星 忘れ草秘剣帖2
森 詠［著］

父は薩摩藩の江戸留守居役、母、弟妹と共に殺されていた。いったい何が起こったのか？ 記憶を失った若侍に明かされる驚愕の過去！ 大河時代小説第2弾！

孤剣、舞う 忘れ草秘剣帖3
森 詠［著］

千葉道場で旧友坂本竜馬らと再会した進之介の心に疾風怒涛の魂が荒れ狂う。自分にしかできぬことがあるやらずにいたら悔いを残す！ 好評シリーズ第3弾！

影狩り 忘れ草秘剣帖4
森 詠［著］

江戸城大手門はじめ開明派雄藩の江戸藩邸に脅迫状が貼られ、筆頭老中の寝所に刺客が……。天誅を策す「影法師」に密命を帯びた進之介の北辰一刀流の剣が唸る！

世直し隠し剣 婿殿は山同心1
氷月 葵［著］

八丁堀同心の三男坊・禎次郎は婿養子に入り、吟味方下役をしていたが、上野の山同心への出向を命じられた。初出仕の日、お山で百姓風の奇妙な三人組が……。